中国当代杂文精品大系

1949—2013

朱铁志 主编

“十二五”国家重点图书出版规划项目

舆论安能造乎

李克因杂文精选

李克因／著　李风宇／选

金城出版社
GOLD WALL PRESS

图书在版编目(CIP)数据

舆论安能造乎：李克因杂文精选 / 李克因著. —北京：金城出版社, 2014.4

ISBN 978-7-5155-0976-1

Ⅰ. ①舆… Ⅱ. ①李… Ⅲ. ①杂文集－中国－当代

Ⅳ. ①I267.1

中国版本图书馆CIP数据核字(2014)第006060号

舆论安能造乎

作　　者　李克因
选　　编　李风宇
主　　编　朱铁志
出 版 人　王吉胜
责任编辑　柯　湘
文字编辑　彭洪清
开　　本　880毫米×1230毫米　1/32
印　　张　11
字　　数　200千字
版　　次　2017年3月第1版　2017年3月第1次印刷
印　　刷　北京金瀑印刷有限责任公司
书　　号　ISBN 978-7-5155-0976-1
定　　价　49.00元

出版发行　金城出版社　北京市朝阳区利泽东二路3号
　　　　　邮政编码　100102
发 行 部　(010)84254364
编 辑 部　(010)64215770
总 编 室　(010)64228516
网　　址　http://www.jccb.com.cn
电子邮箱　jinchengchuban@163.com
法律顾问　陈鹰律师事务所　(010)64970501

李克因（1925—2006），原名李利之，河北省人。中央大学毕业后即从事记者、编辑等工作，曾任江苏省作家协会副秘书长。曾用林尚之、荔之、李泗、林子、吴林等十余种笔名写作，系中国作家协会会员。笔耕六十余载，共发表杂文等文学作品两千余篇，出版杂文集多部，所著多篇杂文收入《新文学大系·杂文卷》等选集，并获近百种文学奖励。

李克因

目录

写在前面的话

朱铁志

选编一套全面反映当代中国杂文创作概貌的大型丛书，是我一段时间以来的愿望。

现代意义的杂文创作，肇始于五四新文化运动，以鲁迅先生为代表。新中国成立后，以中共十一届三中全会为分水岭，经历了前后两个三十年的不同阶段。从建国初到十一届三中全会前三十年，由于“反右”、“文革”等政治运动的影响，杂文创作就整体而言比较萧条，只有前后三个阶段短暂的“繁荣”期，出现了《“三家村”札记》、《燕山夜话》、《长短录》等代表性作品，就时间而言，累计不超过两年。

杂文真正的繁荣期是十一届三中全会以后。以 1976 年打倒“四人帮”为标志，伴随着真理标准的大讨论，新时期文学开启了狂飙突进的新时代。在文学大军浩荡前行的队伍里，杂文与小说、诗歌一道，成为引领思想解放的光荣一翼。它以睿智的眼光、坚韧的意志、不屈的姿态，傲然挺立在新时期乍暖还寒的土地上。仿佛报晓的雄鸡，又像滚动的春雷，将蛰伏的生灵唤醒，把冰冻的土地融化。于是，无数思索的目光透过“花边文学”窥见时代风云变幻，无数焦渴的灵魂在震撼中开始寻找失落的尊严。由鲁迅先生开启的“社会批评”、“文明批评”的杂文传统，在这一刻焕发出特殊的力量，启发群伦，激励民众，推动社会变革。如果说新时期以思想解放为发端，那么完全可以说，新时期文学的苏醒、奋起、繁荣，既有以“天安门诗抄”为代表的诗歌的功绩，有以《伤痕》、《班主任》为代表的“伤痕文学”的贡献，同时也有以《鬣狗的风格》、《江东子弟今犹在》、《东方红这首歌》、《切不可巴望“好皇帝”》、《华表的沧桑》、《语录考》、《万岁考》等为代表的一大批优秀杂文的贡献。思想解放运动作为新时期的发动机，是杂文复兴最重要的思想基础和推动力量；新时期杂文的繁荣是思想解放运动的必然结果和逻辑延伸。作为时代精神的特殊反映，新时期杂文以最敏感的神经感应世事变迁，以最锋利的武器对腐朽势力发起有效进攻。时代进步有它的助力，社会发展有它的功绩。作为思想解放的先驱、历史进步的先声，新时期杂文以其宏大的创作群体、优异的创作实绩、广泛的社会影响，彪炳文学史，笑对时代潮，成为杂文家足堪自豪的美好记忆。这当中，有以严秀、秦牧、何满子、章明、林放、牧惠、邵燕祥、王春瑜等为代表的前辈作家，有以陈四益、陈泽群、符号、李下、鄢烈山、王乾荣、李乔、甲乙等为代表的中年作家，有以张心阳、陆春祥、潘多拉、杨学武、杨庆春、刘洪波等为代表的青年作家。1989 年《人民E报》“风华杯”杂文征文标志着新时期杂文创作的顶峰，表现出前所未有的思想深度、艺术魅力和社会影响力，是新时期杂文创作的标志性事件。

集中反映新时期杂文创作成就的文集数量庞大，规模不等，目前被普遍关注的主要有七种，一是曾彦修（严秀）、秦牧、陶白主编的《中国新文艺大系·杂文集（1976—1982）》，1987 年由中国文联出版公司出版；二是严秀、牧惠主编的《中国当代杂文选粹》，四辑共 40 本，由湖南文艺出版社出版；三是张华、蓝翎、姚春树、牧惠、朱铁志主编的《中国杂文大观》，1989 年由天津百花文艺出版社出版；四是刘成信主编的《中国当代杂文八大家》，1997 年由时代文艺出版社出版；五是朱大路主编的《杂文 300 篇》和《世纪末杂文 200 篇》，分别于 2000 年和 2001 年由文汇出版社出版；六是刘成信主编的《中国杂文》（百部），2013 年起由吉林出版集团有限责任公司出版；七是朱铁志主编的《中国新文学大系·杂文卷（1976—2000）》，2009 年由上海文艺出版社出版。

上个世纪80年代末期，在协助牧惠先生主编《中国杂文大观》第四卷过程中，我比较系统地阅读了新时期以来的杂文作品，搜集了大量杂文集和其他杂文资料。2006年，承蒙王蒙、王元化二位先生的邀请，由王充闾先生和我主编《中国新文学大系·杂文卷（1976—2000）》（王充闾先生后因健康原因退出），再次比较系统地阅读了新时期的杂文作品。两次经历使我突出感到，新时期杂文是新中国成立以来环境最为宽松、创作最为活跃、成果最为丰厚的时期。两个大型选本虽然以时间为序，各自选编了五六十万字的杂文佳作，但限于篇幅，远不能全面反映这一时期杂文创作的全貌，迫切需要在适当时候以杂文家为线索，选编一套全景式展现新时期杂文创作整体水平的大型丛书。

《中国当代杂文精品大系（1949—2013）》就是这个设想的产物。我们拟在原来工作的基础上，选编一个更加全面、更加权威、更加开放、更大规模的选本。该丛书以时间为经，以代表性作者为纬，每人精选一本本人迄今为止全部创作的代表性作品，突出思想性、文学性、史料性，力争为后人留下一份基本能够反映当代杂文创作水平、可资信赖和检索的翔实资料。选本的时间跨度为1949年至2013年，但其重点如前所述，毫无疑问是新时期以来的杂文创作。选本不存门户之见，不论名气大小，不搞亲疏远近，不做成封闭体系，力争客观、公允、理性、包容。人选数量将从创作实际出发随时增减。近年来，随着时间的流逝，何满子、冯英子、黄秋耘、老烈、牧惠、谢云、舒展、蓝翎、李汝伦、陈泽群、王大海等杂文宿将先后离我们而去；严秀、方成、章明、刘征、虞丹、周修睦、邵燕祥、黄一龙等前辈已逾耄耋之年；而依然活跃在创作一线的王春瑜、陈四益、李下、鄢烈山、王乾荣、李乔、阮直等，也已跨越退休年龄；即便是安立志、杨学武、张心阳、陆春祥等中坚力量，也过了知天命之年；年轻如刘洪波、徐迅雷、杨庆春、潘多拉诸位，其实也已年逾“不惑”。由此看来，杂文实实在在面临一个“传”与“承”的问题。“传”，是把前辈优秀的作品整理出来，传之后世；“承”，是通过我们的选编出版，让后人特别是今天的年轻人知道中国还有杂文这样一种古已有之并由鲁迅先生完善的独特文体，还有一群为之殚精竭力、焚膏继晷的辛勤作者，还有生生不息、佳作迭出的杂文作品。杂文之火不灭，乃是思想解放的灯塔不灭，“社会批评”、“文明批评”的优良传统不灭，中国知识分子的良知不灭。从这个意义上讲，选编这套丛书无论怎样繁难艰苦，都是值得的。

感谢金城出版社以足够的远见卓识和人文关怀接受并全力支持本丛书出版。说老实话，在这个把“物”与“利”作为万物尺度的世界上，并不是随便哪个出版家都有这样的眼光，都愿意为此承担可能的风险。不过我相信，本书即便不能成为出版商所期盼的“畅销书”，也完全有可能成为具有一定价值的“长销书”；本书的编者和出版者很快都会退出历史舞台，但这套丛书一定会留在时间深处，留在人们的记忆中。

不积跬步，无以至千里；不积小流，无以成江海。“社会主义文化大发展大繁荣”、“建设社会主义文化强国”，离不开实实在在的“小事”。毋宁说，“大发展大繁荣”恰恰有赖于“小作为”，选编这套丛书，庶几近之。

感谢所有入选本丛书的杂文作者，没有他们多年来的辛勤耕耘，中国的文化园地无疑会缺少一种冷静、理性的声音。他们是“雅典的牛虻”，是“中国的良心”，是值得关注和记住的一群。

2014年惊蛰于北京沙滩

假如我是杂文家（代序）

李克因

杂文天地广阔无边，有许多问题值得探讨，许多学问应该钻研，许多技法需要掌握。而我接触了若干年，自感盲目性很大，只顾埋头去写，极少研究理论，所以于理论上说不出什么道道。这里只凭直觉，写点想法，并仿叶至诚先生《假如我是作家》一文的命题，定了这个题目。

假如我是杂文家，我将继续考虑自己对杂文属性初步认识的是非。这牵涉到杂文写什么、怎样写的问题。鲁迅的杂文及杂文观无疑必须学习、继承和发展。我从中悟到，若论“自然属性”，杂文就是“杂”。杂者，多样也，即内容、体裁、手法的丰富多姿．不拘一格。当文学看，它是散文的一个分支，它以议论为主而区别于抒情、状物、叙事为主的散文。至于“社会属性”，则由作者凭自己的思想观点赋予，“人心不同，各如其面”。此地老话：个人。不可能、也无需去强求千篇一律。当然，由于现代杂文传统延续和积累，它已形成的总风格比较宜于直面人生，用讽刺、鞭笞等手法，向阻碍社会进步的事物进行战斗。但凡事无“绝对”。杂文也可歌颂，即使既非“歌”“又非战”的中性议论，有助于“杂”。

我的毛病在于远不够“杂”。即如体裁，就往往是以第一人称发议论的一个模式。于此，当然鲁迅高明。他在《且介亭杂文》序言中明确提出：“其实杂文也不是现在的新货色，是‘古已有之’的，凡有文章，倘若分类，都有类可归，如果编年，那就只有按作成的年月，不管文体，各种都夹在一起，于是成了‘杂’。”显然，这是从“自然属性”上着眼的。1934、1935、1936年的三集《且介亭杂文》中，论形式，固大多为已通称杂文，即常为报纸副刊带头的那篇号称“千字”的言论性文章；也还有书序、书跋、墓志铭、答客问、书信等体，确实“杂”得很。如果现在有人写这类文字，很可能被有的同志否认为杂文。他还有一些长达几千字的“鸿篇巨制”，完全不符合“千字”规范，若在当今，怕也难以被有些选家收入杂文汇编的。

文章应是“感应的神经”、“攻守的手足”，这是鲁迅在同一序言中所说的有关为文的“社会属性”的名言。当然也是三集《且介亭杂文》的指导思想。在有些场合，他也曾把杂文当成一种战斗性的文体提过。但又是凡事无“绝对”。三集共一百多篇文字，也并非皆是投枪、匕首。首集中，就有《连环画琐谈》、《看图识字》、《木刻纪程》、《随便翻翻》等可以称之为文化随笔的作品。这就从另一方面体现了鲁迅杂文的“杂”。这是符合生活逻辑的。鲁迅是伟大的革命家、思想家、文学家，同时也是个具有独特性格和七情六欲的人。他喜欢逛书摊、看电影、吃小馆（在一定意义上讲，他是位“美食家”）、抽烟卷（虽然要求并不高，有时也会跟老伴闹别扭，赖在地上不起来）。他绝不是不食人间烟火的神。作为一个人来说，伟大的战斗者鲁迅也是多侧面的。这不可能不在一定程度上反映到文字中去，因而总的说作品主弦既突出，“次弦”也相应配合，形成一部战斗而又跌宕有致的丰满的交响乐。也可说是多侧面的，“杂”的。学鲁迅的文首先应学他的高尚品德、硬骨头、爱憎分明精神。学其文也不宜死学，否则初看虽能“乱”真，也不过形似而已。

鲁迅自称是“摆地摊”的，“所有不过几个小钉、几个瓦碟”。那么我，充其量只能算个“捡破烂的”，用幼稚的眼光看世界，捡到什么“卖”什么，确实是无足取了，但总还希望能捡到点稍微于世有益的东西。

假如我是杂文家，我将把它作为“人学”来对待。文学属人文科学范畴，杂文又在文学的圈圈之内，或者说与新闻学有点“血缘”关系，因而成为一种“边缘”文学品种。它要干预生活，但正如有些同志所说的，它首先是干预人的灵魂，而不是直接去干预政治理论、政策：如有这个设想，也是通过干预人而达到。

我想，不论干预什么，怎样干预，程度总有高、大、深与低、小、浅的差别。不论高低大小、深浅，都得讲良心，说实话。百人百口味，话说得极可能不尽如人意，但只要有读者表示认可，便算收到社会效益。作者能力有大小，大有大效益，小有小效益。读者看了感到“过瘾”、“解气”、“解决问题”固是效益：能在某些方面声气相通，使人微笑颔首也是效益。见报出书固能产生效益；写了给朋友看看，也未必没有效益。达到一律是不可能的；看死看绝是不合适的。就此争论意义不大。我将用习作的实践来反映我的观点，谋求收到社会效益。

所说的效益，是指有助于社会进步。这是无须多言的。

假如我是杂文家，在行文上将力避与政论有相近甚至雷同之处。杂文毕竟是文学范畴中的散文，尽管有些内容政治性强一些，仍要努力用文学手法来处理。它很大程度上是逻辑思维的产物，但因常是从生活中采集创作材料，本身就带有形象性的成分。如果执笔时有意、无意将其扬弃，那是很可惜的。我觉得还是带点美感为好，说句狂妄的话，即便有“教”的意图，也要“寓教于乐”。这和写小说，演戏剧没有什么不同。文章总得让人家看得下去。

政论则纯属逻辑思维的产物。有时也有点形象，那是为了吸引人，用来阐明自己的观点，是外掺，而不是溶入。我希望做到写作杂文能使逻辑、形象二位一体，即带着生活或书本中的形象思考问题，形成观点；进而带着形象去表述观点。我知道这不容易，但一定努力追求，假如把杂文写作与政论写作等同起来，同用一副笔墨，那将没有杂文。一篇内涵丰富、分量很重的社论、“本报评论员”或理论文章，就把那样的杂文全部包容了，何需杂文作者亦步亦趋跟在后面再去重复呢？

假如我是杂文家，基于上述同样理由，我将不再那样刻意地急于“贴近生活”。杂文固然是时文，但总要在生活中有所发现，不去老是重复人家已经说过的话，或者说，总宜结合一些自己所历所见的实际吧。我不准备急于跟着变化了的形势和新政策、新消息跑。要多看看、多学学、多想想，搞得心里踏实一些，直到产生执笔的欲望。判了“二熊”，就马上写“王子犯法，与庶民同罪”；提倡廉政，就急忙去写海瑞的作风，这类文字我写得不少。后来渐渐认识到，既当做文学作品来搞，就不必那样“急功近利”。放从容一些，思考得深一些，概括得广一些、也许能为社会主义、为人民服务得好一些。

我也无意去当“事前诸葛亮”，当然也不甘于当“事后诸葛亮”。这

“事前”与“事后”虽然都不是绝对的，但相对的总还存在、写篇人所未曾写（不管别人是否想过）的杂文而且切中要害，便应属当了一次“事前诸葛亮”。林放先生的《江东子弟今犹在》一文曾名噪一时，如果写作不是从文件上得到的启发，便应看成是一个成功的典型，是他个人独特的发现。警号的提出，对社会进步大有好处，这当然很不容易。在我来说，只能做到我行我素、我走我路、我思我见、我写我文。即使这样，也需付出很大的努力。

人既然生活在现实社会之中，并享受着现实社会的赐予并为它做着贡献，思想就必然受到一切客观事物的影响和制约。我们正处于改革开放的时代，生活在这样的范围中，观察、思考问题自然会打上时代的烙印。我拥护改革开放，但不拥护“改革文学”（当然包括杂文）之类的命题。这多少类似过去曾经有过的“写跃进、唱跃进”、“大写技术革新”、“表现农业题材”之类的提法。不仅不符合创作规律，且限制了作者的思路，使创作有了很大局限性，并容易导致“主题先行”、“图解生活”。“大写技术革新”的结果，是使作者更多地盯住机器和技术，而忽略了活生生的人和纷纭复杂的生活，于是就出现了“车间文学”，经过了多少年的努力，才把这种文学现象基本扭转过来，所付代价是很大的。

指导思想正确，牢牢植根于自己生活的土壤，正视人生，目光四射，这样，不去执着地重复“改革”二字，笔墨中自有改革精神在。

“写什么，怎样写，是作家自己的事”。这个已经重复过多次的话，至今仍应具有权威的指导作用。当然有前提，那是义在其中的事。杂文当然也包括在内。所以我要着力去写自己想得比较透、愿意去写、当然也是于社会有益的东西，主观设想与客观评价常常会有相悖之处，所以我欢迎指教、帮助，同时也不介意背后的议论以至嘲笑——那是人家的自由。

假如我是杂文家，我将努力摆正自己和服务对象的关系。“作家是人类灵魂工程师”的命题是错误的；企图用笔去塑造、改变他人灵魂的思想是狂妄的。教育他人，不如教育自己，争取做一个堂堂正正、清清白白、老老实实的人。我本极平凡，却也曾自以为高明，想充当个教育者的角色，现在想来，实在荒谬可笑。我应该是个将自己思想、心灵、观点通过文字传达给读者的人，和读者“侃大山”的人。心平气和去“侃”，力戒高人一等的思想。即使对我所憎恶的腐败现象、腐败分子，我也不想再搞得那样剑拔弩张，火药味十足。我是和读者“侃大山”的，希望他们也和我有憎恶腐败的共同心态，所以需要平等地“聊”。至于那些腐败分子，杂文对他们是没什么用处的，腐败入骨，小小杂文岂奈他何？冷冷一笑，依然“他行他素”。说不定什么时候，还会用什么方式，一记暗器将我打昏，反而拿不动笔杆了。这很不值得。

假如我是杂文家，我将努力寻找自己，争取有点个人特色。首先争取使文字的个性与我为人的个性同步表现、发展。这需要老老实实，不拔高自己，更不可装腔作势。雄浑的个性出雄浑的文字，峭拔的个性出峭拔的文字，纤细的个性出纤细的文字，在文风问题（我不说内容问题）上一般讲是这样。了解自己并不容易，获得“自知之明”的本领其实很难。我还在研究自己、总结自己。所以文字也不成熟，技法也乱。我想有一天能对自己有一定的把握能力。当然这并不意味着捆住自己的手脚，限制住自己的心灵，无非是想朝为文的“自由王国”稍稍靠近一些而已。前面说过，我想使所做的文字有点形象，但本是说描写的那种形象；有点意境，但不是诗、词蕴涵的那种意境。笼统而言，就是要有点“杂”味吧。这也只有摸索着去干。大家各走各的路，杂文这片园地中才有百花齐放。有玫瑰、仙人掌，也有菊花、牡丹。即便都是带刺的，也各有其独特的风姿、特色。

假如我是杂文家，我将更加珍重自己，珍重自己的创作，更珍重宝贵的时间。既不因文章得以刊出而沾沾自喜，也不因只有千字、七百字、直至四百字而妄自菲薄。文章是不能以长短论价值的。有人对杂文不屑一顾，甚至讥为“报屁股”，似乎几万、几十万言的作品方为皇皇巨著，作者也才是巍然大家。对此，我的态度是笑骂任其笑骂，短文我自为之。我业已发现过这样的现象：一部数十万言的“鸿篇巨制”其实是通篇废话，问世后犹如电光石火，霎时灰飞烟灭，既毫无用处，又不能在历史上留下任何痕迹。而某些几十字、几百字的杂文却是字字珠玑，得以流传千古，至今使人获益。论社会功能，乐秀良同志的《日记何罪》发表后引起广泛反响，使得一些在“文革”中因日记而得咎、获谴、“犯罪”的同志得以平反。顺带一说，这篇文字既非看“精神”，也非跟“形势”，是作者在生活中发现，又以自己的胆识发之为文的。

很可喜的是成批中、青年杂文作者涌现出来，有锐气，肯学习，能吃苦，接受新事物快。比我当年的起点高得多。他们是杂文界的骨干和希望；当然，作家无老少，一律平等。尊敬的巴（金）老、孙（犁）老、谢（冰心）老、陶（白）老、陈（超）老等都在挥毫写杂文、随笔，在他们面前，我还是个小学生。谁都没有理由鄙薄杂文；而杂文的振兴主要靠杂文界本身的努力。

我要争取做个名副其实的杂文家。

去其所“恃”令其“恐”之

社会舆论是自然形成的。前个时候，杭州二熊事件引起了广泛注意。说是“众口纷纷话二熊”，似不为过。

这并不奇怪，二熊罪恶非同一般。他们在西子湖畔的深宅大院里，坏事做绝，比京剧《艳阳楼》里那个花花太岁高登，比当年四川那个大军阀大恶霸刘文彩还要肆无忌惮。

人们拍手称快，很重要的一个原因是，也算突破了一个禁区，实行了“在法律面前人人平等”的原则，这一案基本做到了“王子犯法，与庶民同罪”。

看来，这个禁区的突破不是没有阻力的。本来，对这样堪称罪大恶极的犯人，在材料调查翔实以后，经过法律程序，无需多费周折，就可以“斩立决”。他们视党纪国法如敝屣，无法无天到了令人发指的地步。而一般说来，区区两个歹徒有什么了不起，在人民法律的铜墙铁壁面前，正如同鸡卵一般。但他们作恶达四年又三个月之久，直到 1978 年 8 月仍在作案。由“东窗事发”到定案长达八个月。当仗义执言者到有关部门揭发，那个老二熊北平竟然能够知道，并敢于上门威胁揭发者。归案以后，气焰也十分嚣张。可见看来不成问题的事，却是“戛戛乎其难哉”！

原因就在于他们有恃无恐。虽然他们的老子已经失势，似乎没有能量了，但还有他们那个有权有势的妈，还有认为“我们这些人与老百姓不同”的习惯势力，还会有同案犯的包庇者、说项者，如此等等。这就是他们的所“恃”，至少是精神上的支柱。

这实在是太糟糕了。他们的罪行和他们之所“恃”者，败坏党的声誉，向我们的先驱者——革命老干部——脸上抹黑，使我们的革命先烈在九泉之下也不得不摇首叹息。中共中央纪律检查委员会极为重视这个案件，特地发了通报。这可以使天下为父母而惯于依权仗势者也能有所警惕，有所鉴戒，存守法之心，明爱子之道；使效尤者知所恐惧，为之股栗；使正义得以伸张，社会风气更加向好。总之，使向“四化”进军的征途中少一些障碍，则党之大幸，人民之大幸。

人们欢迎执法机关保持和发扬这种锐气，苟有敢于冒天下之大不韪，向人民法律挑战者，借用鲁迅说过的话，则不管它是百宋千元，天球河图，祖传丸散，秘制膏丹，等等，一律依法治罪，绝不宽贷。同时，也须从多方面努力，反掉二熊们之所“恃”。

原载《新华日报》1979 年 12 月 19 日

匠心与独创

要使一件文艺作品，既能给人以美好的艺术享受，又能给人以积极的生活情趣，并多少有一些创造或创见，“一新耳目”，不容易。这常常要经过一个艰苦的劳动过程。古代作家说的“吟成几个字，捻断数茎须”，“语不惊人死不休”，不仅仅为了追求辞藻的华丽和独特，而是包括了生活、思想、艺术上的刻意求新精神。

“捷才”可能是有的，但并不神秘。他无非对生活的观察比较敏锐一些，反应得快一些，笔头子来得也便当一些而已。曹子建七步成诗，即便确实，也是和平时的不平之气和恐惧之情分不开的。当面属对，随机应变，是熟读经史子集、诗句歌赋的结果，“下笔千言，倚马可待”，是文人的互相吹捧，夸张过甚。当场拿出文情并茂作品的事，虽然并非没有，但绝不是普遍的文艺现象。

古人写诗，有偶得一句，随手书出，藏之袋中的习惯。即便是五绝或七绝，二三十个字，也常是反复吟诵、推敲的结果。平日有积累，临时有触发，于是敷衍成章，再经反复推敲，而后定稿。很少有纯粹的“口占”。

古人的事毕竟说不太清楚，今日的即席命笔，往往在事前已有准备。即使是大手笔，也未必能当场写出完整华美的篇章。许多老作家很重视创作的准备，而记笔记是一个通常的手段。作品达到一定高度，原不是一蹴而就的事。作家方之生前常自称为“慢笔”。其实他何尝是笔下慢，而是在下笔前与执笔中反复运思，力求作品在内容和艺术上都有所发展。他在创作中一丝不苟，步步扎实，渐渐形成自己独特的风格。

有的作者，在生活中受到某些触发，产生创作冲动，稍加思索，仓促命笔，虽然也可以洋洋洒洒，一挥而就，但在内容上、艺术上常是粗糙的，有时甚至失去了作为文艺基本特点的形象性，更多是失去了“我”，无意间陷入“框框”之内，把别人写过的生活，惯用的手法，揉进自己的作品。严格说来，这不算创作。

离开了独创性，也就没有了百花齐放。人们常以“匠心独运”四字来表扬有成就的作家。“匠心”说的是像熟练的匠师一样经营自己的工作对象；“独运”，则是指的独创性，特有的、“我”的风格。要不搞“统货”，力创“名牌”，要搞“独家经营”，不搞“股份公司”。有众多的独创，才有姹紫嫣红的百花园。我们需要解放思想，力闯禁区。这里既包括对思想和生活的研究与探索，也应包括在艺术上苦苦追求的精神，如不注意艺术，也就最后失去了艺术。

因为艺术毕竟是艺术。

原载《新华日报》1980 年 6 月 18 日

从鲁肃的“两长一短”说起

在京剧舞台上，吴大帝孙权是个大白脸，以象征心怀奸诈。他听从周瑜建议，把刘备弄了来，名是结亲，实为人质，以讨还被借去的荆州。结果是妹子孙尚香和刘备一起溜掉，落了个“周郎妙计安天下，赔了夫人又折兵”。

在陈寿写的《三国志》里，孙权则被处理得比较高明。他知人善任，气度恢宏。他在评论鲁肃时说，和鲁肃初次见面，鲁就以战略眼光对他谈起帝王大业，这是他的“一快”。后来，曹操水陆齐发，大军压境时，许多老臣都主降，鲁肃却劝他急召周瑜，委以重任，终获赤壁大捷，这是他的“二快”。他认为鲁肃也有错误，那就是曾劝他把荆州借给刘备，结果搞得很被动，这是鲁肃的“一短”。但这一短“不足以损其二长”，他愿意“忘其短而贵其长”。

孙权从荦荦大端上，对鲁肃做了具体分析。看来，他并非忘记鲁肃的“短”，也并不想忘记，而是“恕之，不苛责也”。全面了解臣子的“长短”，不轻易加以责备而已。

在类似的事情上，诸葛亮就出过漏子。平时他和马谡的关系不错。曾同论军事，通宵达旦，在讨雍闿时，还用了马谡献的策，打了胜仗。但马谡也自有其短处，诸葛亮没看到，而刘备看到了。“马谡言过其实，不可重用。”——这是刘备在白帝城临死前，对诸葛亮谈论人事时说的。

后来诸葛亮曾多次兵出祁山，想“兴复汉室”。有一回形势本来不错，由于诸葛亮重用马谡，让他当前军指挥，而马谡却主观武断，“违亮节度”，搞得几乎全军覆没，诸葛亮不得不杀了他以肃军纪。展现在京剧舞台上，就是有名的《失街亭》《空城计》《斩马谡》。

当然，不能因此就怪诸葛亮不中用。知人用人百分之百地准确，是不可能的。诸葛亮仍不失为历史上伟大的政治家、军事家。

通过这件事，可以使我们认识到，对干部，应全面了解。首先要充分看到并充分肯定其长处；同时，也不要看到一点短处，就认为很糟。对其短处，要着眼于帮助、引导，“不苛责”。如能让鲁肃的“两长一短”变为“三长”，不是更好吗？

当然，这并不是容易的事。世界上哪里有百分之百正确的人呢？

原载《南京》1981 年 5 月 8 日

“难得糊涂”辨

郑板桥真是个怪人。

他写过四个大字：难得糊涂。字刻在石头上，现在有拓片可以买到。字写得苍劲挺拔，有筋有骨。听人说，这确是他的手笔。

想想郑板桥的遭际，这似乎意味着他对生活的一种见解。在宦海浮沉、经济得失、个人恩怨等方面，头脑不要过于清醒，以免不必要的烦恼。即：对个人得失这些小事上，还是“糊涂”一些好。如果不去过于推敲古人的动机，从字面做这样的理解，应该说这主张是积极的。

郑板桥主张“糊涂”，同时指出做到这一点不容易，“难得”，看来也符合实际。

这不禁使人联想到常被提到的两句诗：诸葛一生唯谨慎，吕端大事不糊涂。

想必这都是从大体上看。诸葛一生未必事事谨慎。错用马谡、冤杀彭羕等都不能说考虑得很周到。吕端处理大事时也未必都很清醒。“瓜无滚圆，人无十全”。

在封建时代，立皇后、继皇位等都是很敏感的大事。处理稍有失当，会导致朝廷的分裂甚至国家的动荡。头脑清醒的大吏，出于对封建王朝的忠诚和个人的利益，对此是持慎重态度的。宋太宗临终时，宫闱不和，宦官专政，谁人继位，众议纷纭。对此稍一迟疑，便会引起大乱。吕端时任宰相，宋太宗曾称他“小事糊涂，大事不糊涂”，总算知人。在宋太宗死掉的关键时刻，他能立即率众入宫，禁闭宦官，封锁消息，拥立太子，并使其立即接受百官朝拜，这就定了大局，稳住局面。对宋王朝的延续，国家的统一，是有贡献的。

做到又糊涂、又清醒的统一，对个人小事看轻一些，对国家大事决不含糊，时时、事事以大局为重，非常必要。我们坚特四项基本原则，进行“四化”建设，就得有这种识见和气魄。当然，这是指的必须具有革命人生观和革命家的修养。与板桥所说的“糊涂”，与吕端表现的“不糊涂”，都是不能相提并论的。

原载《南京日报》1982 年 1 月 2 日

“大道之行也”

把信笺装进信封，涂糨糊，封口，而后拈起了邮票。

这邮票往哪儿贴呢?

照理，该贴在正面。直写的贴左上角，寄信人地址的上方；横写的贴右上角。邮局发行的每只一分钱的信封上，多印有“贴邮票处”字样。

然而，偏不在“贴邮票处”贴；偏要贴在背后封口处，而且骑缝。

这就给邮局工作人员带来麻烦，盖邮戳时必须多一道工序：检视一下邮票的所在。一个不多，全国就多了。浪费的时间实在可观。

为什么把邮票贴在封口处?起初可能出于不放心，担心有人偷拆。当然这是不必要也是不保险的。有心偷看人信的，办法多的是。骑缝贴邮票，只能是“防君子不防小人”。到了后来，大概就成为一种“习惯势力”了。

据辞书的解释，某种事长期重复地做，逐渐养成不自觉的活动，即成习惯。而某种习惯成了风，构成一股力量，足以向社会施加影响，大概就成为习惯势力了吧。

大有大习惯，小有小习惯；大有大影响，小有小影响。在日常生活里，可以经常发现貌似非常平凡，却形成一种力量，轻易难以改变，又给社会招致麻烦的东西。

“行人路边走，车辆靠右行”，这是一个经过多年实践，带有规劝性的交通公约。公约应该大家遵守。实则不然。分明有人行道，偏要走慢车道；走慢车道又不“溜边”，偏喜在路中缓步而行，并且常是两人或成群结伙并肩前进。这就给开汽车和骑自行车的造成困难，需要不住鸣笛、打铃。置若罔闻，就容易出事。碰着青壮年，常会引起争吵，如果是七八十岁的老年人，只要屁股着地，十之八九会造成粉碎性骨折。

沿铁路步行，明明两旁有沙石小路，偏不老实走下去，动不动就转移到铁轨中间去踩枕木。踩枕木其实并不舒服。一步一木过于局促，一步两木又赶得慌。于是不得不甩动胯骨，摇摇摆，摆摆摇。这就给火车司机带来麻烦，老远就得拉汽笛。而走在枕木上又容易想心事，心不二用。据说，竟有这样丧身虎口者。

沿铁路喜走枕木，原因何在，说不清楚。很可能嫌小路太窄，走不痛快；在枕木上摇摆前进，则有一种妙不可言的乐趣。而在慢车道上喜走中间，这道理我却弄清楚了。首先是视野开阔，可以昂首阔步而行。更重要的是凡道路都略成拱形，走在拱背上便于保持身体的平衡，舒展自如，快何如之！信较置身狭隘的路边和拥挤的人行道为佳也。

这并不都是有意识的，所以说它具有“习惯”或“习惯势力”的性质。见了弱于自己的就端起架子，见了好东西就心痒难熬想“试用”一番，诸如此类，也并不完全是“自觉”的，往往身不由己，成了习惯。如果习惯形成势力，就对人民不利，所以一定要反。

习惯势力一句带有贬义。但如果就习惯有好坏之分似也可以有积极的习惯势力。即如提倡文明礼貌以来，确有不少好习惯得到发扬，正在蔚为风气，“势头”很好，坚持下去，我们的社会风尚就可能焕然一新。

“大道之行也”，当你正在心旷神怡，悠然得趣的时候，自己方便，也想到与人方便，而摆正位置，那就更妙了。

原载《羊城晚报》1982 年 9 月 19 日

宜做两面观

我曾经对公共汽车售票员有过很不敬的想法。

因为多次被他用不断开合的气门所恫吓，并曾被气门狠狠夹住肩膀或脚跟。

我曾经对卖肉的人印象很糟。因为他们总要给我搭肥肉。有一次我看中了一块价值一元的全瘦的肉，谁知那位师傅手起刀落，又剁下一块肥膘，总共一元二角。稍表异议，他便出言不逊。而拿回一看，那块全瘦也是做了伪装的——肥膘压在下面。

但生活教育我终于对他们有了一定谅解。他们有自己的苦处和难处。售票员日复一日，一连几小时站在车上，在水泄不通的人丛中挤来挤去，不容易。酷暑寒冬，尤其受苦。有的乘客明目张胆地吸烟，有的躲在中间地带钻两个售票员的空子。提出劝告，还胡搅蛮缠。这就难免出现争吵。而卖肉的总要在拂晓之前就要开片、剔骨，总得想办法连肥带瘦一起出手，不然，也很难完成任务。

服务态度不好，是应该受到责备的。但他们的困难则是应该看到并得到解决。客人要加以谅解，领导方面要有切实的措施。光“吊民伐罪”不是办法。

而假如没有人肯干这些平凡的工作，包括卖粮的，卖菜的，站岗的，放哨的……真不知道我们的生活会变成什么样子。

在这个基础上去谈论他们的缺点，才比较公平。而且也要严于律己，不能光苛责于人。

人在社会上是互相依存的。这里也有个类似“生态平衡”的东西。平衡遭到破坏，便会产生许多不便。“人人为我，我为人人”，从这个意义上讲，是正确的。凡事都宜做两面观。

有一段时间，这个很明白的道理却受到指责。有人批别人很有本事，或者强加于人，硬是说搞阶级调和；或者只强调“人人为我”，指责别人。由于这四个字不合法，作为一个整体的八个字也便成为“毒草”了。

但从社会生活的组成来讲，恰恰就是这样。就连对此持最尖锐看法的人，也离不开众人而存在。说不定他还对人们持有很高的要求哩！

还是要承认自己对他人劳动的依附性，同时也尽可能给他人贡献一点东西。至于目标和理想，那是旨在其中，不言自明的。

原载《新华日报》1982 年 11 月 14 日

文章·架子·御笔

写文章最忌端架子，有架子的文章，面目实在可憎。

那架子到底是什么东西？也难说。大抵就是像戏曲舞台上当官的那种端玉带、拱肩膀的架子，开口提笔动不动就“必须指出”、“应该批判”那种架子，在文章的字里行间拼命灌注“你知道我有多大本事吗”、“我是多么英明呵”所显示的那种架子，如此等等。

有本来完全不必端、也实在端不起、却非去端不可的；也有本来满可以端上一端、却忽然甩掉了的……种种情况，一时也说不尽。

且就几个皇帝的作品说起。

明朝那个嘉靖皇帝就很喜欢弄弄笔。他的《送毛伯温出征》那首七律，开头用“大将南征胆气豪，腰横秋水雁翎刀”起句，就使人容易联想起民初的某些军歌，如“三国战将勇，首推赵子龙，长坂坡前逞英雄……”之类，英武之中带点江湖气，这和乃祖朱洪武是有相通之处的。据说这位开国皇帝函约曾共患难的老友田兴到南京同享富贵，就有“再不过江，不是脚色”之句。送毛伯温诗中虽以“太平待诏归来日，朕与将军解战袍”作结，显露出皇帝的身份，却给人以亲切感，并没有什么造作或肃杀之气，看不出作者端着多大的架子。

同被选入《千家诗》的唐玄宗李隆基那首《幸蜀回至剑门》，就完全两样了。他在安史之乱中仓皇逃到四川，儿子李亨在甘肃灵武登极后，派大将迎他到长安养老。到达剑门时，他写了这首诗。尽管狼狈得很，却拼命摆谱儿。分明是逃难回来，偏偏说是“銮舆出狩回”；分明已经大权旁落，偏偏还要摆出君临天下的架子，嘉奖迎他的将领：“乘时方在德，嗟尔勒铭才”！总不忘记在自己的头上画个光圈，而且那么大，那么圆。

清朝皇帝统治全中国，必须通晓汉语，努尔哈赤是马上取天下，忙于刀兵，对汉语未必很精；后来天下“承平”，继世之君便要深研。康熙和乾隆这祖孙两个在汉语上的造诣就不浅。他们既喜欢舞文弄墨，又热衷于旅游。所到之处，率多名胜，技痒之时，不免握管留题；题了以后，地方官员当然要找工匠刻下来，“与有荣焉”。皇上是径奔名山胜水而来，但虽经品题，名山胜水却未必因此而增辉。因为他们的作品实在不算高明。套话太多，俗话不少，有些还不通得很，镇江焦山有一石刻“御笔”，是哪位皇上的作品，没看清楚，有几句诗却是录了下来的：

“既是名山那无屋，譬人画背必有腹，头陀应弟焦先兄，如气相求相应声……”

文字不通，架子也就说不上了。很可能，这位皇上的作品来自两个渠道。一是确为自己创作，即兴口占，地方官拿到手，没有再呈御览，即便鸠工刻制，以便永远昭昭。如果送到驻跸之处恳请过目，皇上也未必就肯加朱批云“知道了，着即勒于石上”的。另一渠道则是侍从秘书捉刀代笔，这秘书必定很会察言观色。每见龙颜大悦，即便赋成一章呈上，经过认可，便成御制，这种诗自然四平八稳，皇气四溢，且老是那样一副面孔。而前者是皇上即景生情脱口而出，虽然是胡说八道，却还能从中看得出一点本色，没有拼命去端架子，总算有其“可爱”之处的。

原载《羊城晚报》1983 年 6 月 21 日

杂文的风格

现代文学家中搞杂文的老祖宗当推鲁迅。鲁迅出了《且介亭杂文》一集、二集、末编。他在一集序言中说过这样的意思：文章如按形式分类，则都有类可归；如果编年，里面包括各种文体的文章，于是成了“杂”，这是古已有之的。

这样看来，杂文并不是一种文体，而是汇编成册的各种体裁文字的总称。冠以“杂”字，是很贴切的。

后来，杂文就被说成是一种文体了，大抵就是指的报纸副刊上那种投枪、匕首式的论战性文字。

解放以后，杂文专栏所载文字的内容和形式不断在演变。50年代初，不少文章借鉴了鲁迅某些杂文“嬉笑怒骂”的一面，对生活中不良倾向进行揭露、讽刺。因为多是文学工作者所执笔，所以讲究一点文学性，具有一定的词章美。

1958 年前后，就大都变成歌颂性的，且出现了“思想漫谈”之类的文字。

60 年代初，又有“三家村”杂文。三家者，邓拓、吴晗、廖沫沙也。他们都处在领导岗位上，所见既多，情况又熟，而本身就是文学家、史学家、美学家，知识渊博，文学功力很强。所写其实是各具风格的散文。不必讳言，这些散文大都是针对一定社会现象进行褒贬议论的，颇多精辟之见。如果有关人士在阅读欣赏之余，也得到一些启示，对工作的开展会大有裨益。而也确曾得到了一片叫好声。但后来便篇篇都成“影射”，无一幸免。文人之罪过，大抵莫大于“影射”了。您瞧瞧，“影”已错了，竟而“射”之，岂不是“狗胆包天”、“罪大恶极”吗？如果不打翻在地，再踏上一只脚，让他再站起身来，那还了得！

也真巧得很。正当那些大“左派”磨刀霍霍，准备绳索，打算“抓活的”之际，邓拓偏又“抛”出《三十六计》。三十六计，当然“走为上”。哈哈，大大的狡猾！还想逃吗？逃不成了也么哥！铁板钉钉，死定了！

多么荒唐！

然而杂文，即已被定为一种文体的文字，其风格究竟是怎样的呢？似乎不宜规范得那么窄。它是“自由谈”，是“随笔”，是或多或少带有议论性的理论散文。方向对头，可以歌颂，可以讽刺，可以抨击，可以叙事，可以状物，可以怀人；当然在议论同时也可抒情，议中有情，情中夹议。也可以什么都不是，仅仅给人以知识，提供健康的美，就像《三十六计》那样。

原载《羊城晚报》1983 年 7 月 4 日

“钦差小臣”

给我单位的下属部门打电话，线接通，传来对方硬邦邦的声音：“哪里？”我说：“我 ×× 部呀。”对方立即“噢噢”答应，一副准备聆听指示味道。初时我很得意，领导部门的权威就是不小，我一个小小干事，也“与有荣焉”。

渐渐就感到不对劲了。我又不是“部”，更不是“部长”，咋能这样来应答呢？即便是“部长”，似乎也不便这样说吧。于是想起了俄国作家果戈理的著名喜剧《钦差大臣》，觉得我这个“钦差小臣”多少有点用大衙门的名义吓唬“下面”的意思，虽然出于无意，也不够光明正大，于是改为“我是 ×× 部 ×× 处的李 ×× 呀。”虽然啰唆一些，心里总较为踏实；而“下面”接话的依然是一副准备聆听指示的味道。想想也不奇怪。我接“上面”电话，有时尽管对方拿出盛气凌人的语气，也是“唯唯”准备聆训。没说的，领导部门嘛。再往后，更觉得如具摆出“上面”的谱儿去行骗，就像果戈理笔下的假“钦差大臣”那样，也是容易得手的。过去如此，如今更烈。听到的已经不少。那桩大肆制造假红塔山香烟的大案，不就是奸诈之徒冒充解放军高级干部，一路绿灯干过来的吗?

在“下面”眼里，上面总是很神圣、很权威的。“官大一级压死人”这个传统观念扎根很深。“上面”的人下来调研、检查、办案，尽管作风正派，有些“下面”的头头脑脑也不免有点惴惴不安，不敢有丝毫怠慢。人家一言一行都分量很重，与自己利害攸关，纵然不想靠他“上天言好事”，总也希望能实事求是，持论公允。

所以各个方面的“钦差大臣”都须正确看待自己，谨言慎行，注意“形象”，避免增加“下面”的心理负担。

在“下面”的心目中，“钦差小臣”的分量也不见得轻到哪里去。碰到不大自觉的，就感到更难伺候。有位什么“员”奉命下到一个负有盛名的单位检查什么工作。午夜忽然要打“长途”向上面联系什么“要务”，只因电话总机太忙，耽搁了他一点时间，便立即大发雷霆，立召单位头头亲来招待所理论。紧张状态虽然终于缓解，接待人员心里却犯开了嘀咕，甚至连该供应什么茶叶、安排什么伙食都左思右想，犹豫难决。按规定办理，他是否会满意呢？提高接待规格，他又是否会向上告状说违反中央指示精神？那几天，真正是“左难右难难坏了我”。直到他打道回衙，才松了一口气。

也许是接待人员的“多虑”，但就“钦差小臣”来说，实应自尊自重，谦虚谨慎，不要动不动就摆“上面”的谱儿，让人家为难。

原载《南京日报》1983年8月16日

套话务去

套话谁都会讲，但谁都不欢喜听。

都会，因为讲套话再容易不过；不欢喜听，因为它实在没有味道。什么是套话呢？

可以是“客套话”，张嘴提笔，未入本题，先行客套一番。旧社会有的小学，设有“讲演”一课，高班生上台讲演，开口先讲：“各位老师，各位同学，我讲得好与不好，请众位多多原谅。”现在有的同志发言、做报告，则加上这样一段话：“因为学习很差，领会不够，讲的肯定有不少错误，希望大家批评指出。”——既然“肯定有不少错误”，何不再认真学习一番，把错误去掉后再讲呢？

也可以是“成套”的话。就是毛泽东说的“开中药铺”。大题目套小题目，分支下又设若干脉络。如看讲稿，确实井然有序，但听起来往往如坠云里雾中。重点既不突出，又多空泛议论。实在不如开门见山，透彻而生动地说明几个实际问题为实惠。

还可以是“老一套”的话。别人已经说过多次了，又加以重复，并不能联系实际，有任何发展或增加任何新意。

如果套话掺上虚假，就更加可憎。此病古已有之，有识之士早已看到并加以批评了。

说“天下文章一大抄”，这是夸张的。若然我们就谈不上拥有什么文化遗产了。明代文学家茅坤在所撰《〈韩文公文钞〉引》里说：“近代之文，其患在剿而赝……”剿就是因袭，就是老唱别人唱过的调子；赝，就是虚假；剿而赝，“文革”期间可算极盛。一经定了调，就绝不准越雷池一步。写理论文章，就得“学梁效”。如果讲点实话，或有点创见发表出来，就是“别有用心”，以致批判常作，大狱屡兴。有个朋友，当时迫不得已为某单位写点应时文章，有独立见解不敢表露，于是在桌上遍摊报刊所载有关主旨的文章，东抄西摘，也算用心良苦了。

三中全会以后，情况已发生根本变化。但“剿”和“赝”不能说已根绝了，仍可看成作文讲话的一患。套话务去，看来也是创造社会主义精神文明的一个内容。

原载《新华日报》1983年8月19日

“书生”与“书生气”

书生到底是啥？定义实在难下。辞书解释为“读书人”，想必也是大体而言，但总是或多或少读过一点书，有点这样那样知识的人吧。至于虽然也能读书看报，但实在胸无点墨，恐怕排不上号。书生总应该是多少有点于人于世有益的学识的人。

在今天，大概是能在“四化”事业中发挥作用的知识分子的同义语了。

采取各种措施，使知识分子各得其所，为“四化”各尽所长，正是落实知识分子政策着眼所在。

自古迄今，书生到底有没有用，有着截然相反的看法。书生的表现和实践，也给两种看法提供了论据。即使书生自己，也常议论这个问题。“百无一用是书生”，可能含有由于自视甚高而又怀才不遇的牢骚；也可能含有因为不懂人情世故，遭人白眼，一事无成，抱负落空的愤懑。然而也有不尚空谈，认为必要时可以“头颅掷处血斑斑”的，这是胸有大志、富于政治头脑的书生的自况。古代的谭嗣同辈，现代的许多革命者，都用行动证实了这一点。血性男儿，值得敬佩。至于“知识越多越反动”云云，则是十足的谬论。此辈自己不学无术，甚至目不识丁，对知识毫无兴趣，而且很怕书生一旦得势会取代他们的地位。这种人整人有术而办事无能，书生自然成了他挥舞狼牙棒进行“横扫”的主要对象，至于党的命运，人民的命运，国家的前途，他是全然不顾的。古谓“半部论语治天下”，尽管荒唐，毕竟还想到论语半部。而前面说的那些人，竟妄图以一棒扫尽天下英才，既恶且愚令人浩叹！

现在，知识分子的作用已被提到建设“四化”不可或缺的高度。尽管还有不少无知的人在设置重重障碍，而长于使用棍棒者也在变换手法打击、压制勇于进取的书生，抵制中央的政策，但时代潮流毕竟不可阻挡。书生的处境会一天天变得更好，他们的命运与国家、人民的命运息息相关。“鱼戏莲叶东，鱼戏莲叶西，鱼戏莲叶南，鱼戏莲叶北”，我们相信，有抱负的书生们终归可以在我们宏伟的事业里驰骋自如，得其所哉的。

由书生想到“书生气”。书生气到底是什么东西？也难说得清。恐怕得放在一定时间、地点、条件下来看。说“不要书生气十足”，那是不要过分天真，把事情看得太简单。不少书生确实很“迂”，不懂事物的复杂性。本来就是个“大千世界”，矛盾重重，十年浩劫之后，更使人“眼花缭乱”。用简单头脑看问题、办事情，难免碰得头破血流。

这种具有“书生气”的人有其不能顺应当前社会上某些风气的一面，但又反映了“正气”的一面。不善也不愿搞“关系学”、不走歪门邪道，可以为坚持真理而甘愿遭受非难，等等。这些都会被当成笑话看：不识时务呀！迂腐得很呀！但这种“书生气”毕竟值得提倡。我以为，多一点这种“书生气”，于我们的事业大有裨益。

知识就是力量。诚哉斯言！“书生”正在变成生活中的强者。一切扼杀知识的人都应该“靠边站”，换换脑筋。做到这一点，则人民大幸，国家大幸，“四化”大幸，自然也是一切有真才实学，而且确有出息的书生们的大幸。

原载《羊城晚报》1984年10月22日

“雁过拔毛”联想

大雁是一种高洁的动物。当“西风紧”之际，它们排成一字形或人字形，在“碧云天”上振翅南飞，同栖同止，同啄同饮，动人情思。大雁单足而立，纹丝不动，表现一种飘逸的静态，美得很。

拔雁毛，大概主要是拔翅或尾上的长羽毛，因为既美观，又可派多种用场。而今天群众说某某“雁过拔毛”，大都含有对尚堪称之为同志的某某恨恨不已而又无可奈何的情绪。比如造屋，从申请经费直到交付使用，要经重重关卡。有些把关人很能照章办事，有的就会有所需索，“按雁拔翎”。否则非但过不去，且有被扼杀于半途之虑。以至除去包括还给拆迁户的“面积”在内的种种代价，能拿到四五成，算是幸运的了。如此等等。

有的事带有“雁过拔毛”的性质，却是“姜太公钓鱼，愿者上钩”。如“园中园”之类。园中设园倒也罢了，无非让人买双份门票。怕只怕物物居为奇货，园中园内再行辟园，以致进了大门，愈深入“腹心”之地，花钱愈多，虽然游兴不可遏止，实在也有“忍痛拔翎”之感。

偌大的国家，偌众的人民，偌多的鸿雁，拔掉几根翎毛本也无伤大体。但若拔翎者日增，出手又那么狠，把雁拔得狼狈不堪，就大成问题了。

如果鼓起勇气问他凭什么拔？他会说，没什么准则，老子就是要拔，“要从此路过，就得留下几根翎！”如不让拔，就办不成事，因而往往只得忍痛挨拔。

此类人目无国家，他的一切非分之举常能游离于党纪国法之外。此中微妙处，令人费解。

原载《新华日报》1985 年 6 月 29 日

官精贾雨村

贾宝玉和林黛玉通常被认为是《红楼梦》这部大书的主人公，而在开篇、煞尾出现的却是甄士隐和贾雨村。虽然曹雪芹意在利用这两个人物的嘴宣扬他著述此书的主旨，并从政治上考虑搞点安全系数，但他们在书中的实际地位并不止于此。特别是贾雨村。

这雨村既是作者用做讲故事的依托的“假语村言”，更是一个活生生、真切切的官僚实体。此公确非等闲之辈，他身上可说具备当时官僚的一切素质。他虽也姓贾，却是湖州人士，与金陵贾府只能称得上“五百年前是一家”。冷子兴对他“演说”了荣国府，这才来了兴趣，不免顺藤摸瓜做些调查研究。后来进入林如海府中，当了黛玉的家庭教师，这才开始“攀上了高枝儿”。他本来已当了县太爷，因为“贪酷”和“恃才侮上”等原因，被参罢了官。此时在荣府贾政斡旋之下，谋了个复职，选在应天府，实际上比过去高升了许多。以后还做到京兆尹、大司马。最后虽然还是一撤到底，终还算是官运亨通春风得意。

自从和贾府攀扯上，他就成为贾政经常的座上客。大观园建成，各处风景都需初拟一些匾额、对联，此时，贾政首先想到请雨村来。宝玉因金钏儿投井大闹情绪，唉声叹气，和贾政撞个满怀。贾政训斥道："方才雨村来了，要见你……出来了，全无一点慷慨挥洒的谈吐……"可以约略想见，这雨村见了贾政等人，总是侃侃而谈、慷慨挥洒，"豪气"纵横，具见达官风度的。

他和贾赦的关系又自不同。这里用不着"慷慨挥洒"，相互间能够蝇营狗苟也就足够了。"石呆子古扇"事件可说是典型案例。贾赦想把石呆子古扇搞来但急切不能得手。京兆尹贾雨村只稍稍做了点手脚，给石妄加个"拖欠官银"的罪名，捉将官里，主动将扇子做了官物送到贾赦手里。此事是贾琏侍妾平儿透露的。从她嘴里，还可以听出一些端倪来："都是那个贾雨村，半路途中哪里来的饿不死的野杂种，认了不到十年，生了多少事出来。"这种描写，又显示了雪芹的高明。轻轻旁敲侧击一下，传达给读者多少消息。高鹗续书中，写到宁、荣二府被抄，此时这雨村又扮演了另一种角色，据一个路人说："独是那个贾大人更了不得。我常见他在两府来往，前儿御史虽参了，主子还叫（贾）府尹查明实迹。……他本沾过两府的好处，怕人说是回护一家儿，他倒狠狠踢了一脚，所以两府里才到底抄了。"虽是狗咬狗，这一脚毕竟颇需要点干练和勇气的！

原载《爱国报》1985 年 12 月 5 日

由官返民难

去年桂子飘香季节，我来到某省一个城市。当时那里机关干部间正传着一众所关心的事，并密切注意着事态的发展。一位原在学术单位工作的专业人员被推到市委书记的座位上，几年后，岁数到了，而对工作似乎也不怎么在行，年轻的同志即将顶了上去，于是他的去向势所必然地为人们所关注，并引起各种猜测。结果，如同不少人估计的那样，准备安排他到市人大常委会担任主任之职。但事情进行得并不顺利。人大主任当然要经过选举产生，哪知投票结果，票数不够，未能如愿。至于后来到底如何结局，不得而知，因为我已离开那个城市了。

我每每想来，很替这位同志惋惜，觉得他不太明智。

市委的工作卸掉以后，满可以要求返回原单位，继续从事学术研究。原单位的同志们很可能用鲜花和欢呼来欢迎他，鼓励他，发扬这种能上能下、能进能退、能官能民的精神——当前特别需要提倡的一种至为宝贵的精神。但他竟拖着“当仁不让”的态度，仍迷恋着领导职位，终至使自己陷于被动地位。

党政领导干部退下来后，是否必须转到人大、政协或其他社会团体去当头头，且不去论列，大概总不能“一刀切”，非此即彼，总宜以有利革命和建设出发，因人、因事、因地制宜。这位同志自己有专业，可以继续用来为人民服务，从政已毕，回去研究学问，大概要比勉强去当人大主任有益。

不大清楚这位同志现在有什么想法。但知道在有的同志眼里，当官自有其妙处。一个市的“父母官”，物质条件远比同级的其他干部优越。房子、车子且不论；宾馆、宴会、飞机，国际友好城市间的互访，率队出国的考察与附带的观光，对有的同志还确实富有吸引力。在“鲜花着锦”之际突然回到书案之前，埋头著述，纵然有益于世，却不免冷清得多。加以退掉新屋归故居，还必须安步当车，那么有恋栈高层之心，缺重理旧业之意，其心情实在是可以理解的。

时逢干部更替频繁年月，此类问题必然经常发生；由民入官易，由官返民难。如何解决，值得研究，宜立些规矩，树些榜样。照顾情绪，考虑平衡，是大可不必的。

原载《人民日报》（海外版）1986年5月8日

舆论安能造乎？

舆论是哪来的？这似乎是个不成问题的问题。实际上，却有着不同的理解，甚至大相径庭。

且先抠抠字眼。舆，词典上一般解释为“众人的”。舆论，自然是“群众的言论了”。此说大概可以被普遍接受，这里所说的“言论”，看来还不是指的茶余酒后的聊大天、摆龙门，而是人们对某些重要事件或措施的反应、见解。所谓“舆论甚好”或“舆情不佳”之类的提法，就是从这个基点出发的。做一件大事，在定办法、下决心以前，了解一下“舆情”即民意，符合办事的规律。

舆论是客观存在，不以任何人主观意志为转移；既不能妄加臆测，更不能凭空编造。只可以影响它，而无法去代替它，“越俎代庖”而产生的“舆论”只能欺人一时，不能哄人一世。

也是怪事，有些人竟然认为舆论可以造，应该造。“大造革命舆论”在一个相当长的时间里成为达到某种目的的一个重要手段，出现在文件上、报纸上和某些执掌大权的人们口中。

需要从历史剧《海瑞罢官》开刀，以作为整个战略部署的一个步骤吗？好，“金棍子”姚文元出来“大造革命舆论”了。造呵，挖空心思地造，苦心孤诣地造，几易其稿，终于造出了《评新编历史剧〈海瑞罢官〉》。继而如此这般，“三家村”被挖出，北京市委被砸烂。需要林彪当“副统帅”吗？好，多少美妙的形容词被造出来：“一贯高举”、“十分健康”。也灵得很，他果然成了“法定接班人”。总之，要搞香什么人，搞臭什么人，打个什么“仗”，办个什么事，吆吆喝喝先造舆论，如同“兵马未动，粮草先行”。舆论既成，行动跟上，配合默契，得心应手。

时间往往导致遗忘，现在要弄清“大造”六字是何人、何时、何处首创，竟是大不容易。“文革”是“大造”泛滥之时，而“大造”其实并非从“文革”始。“群莺乱飞群燕舞，争说亩产十万斤”，也是“大造”。要弄清谁是始作俑者，怕更难。

是非已在人心，无需去摆“大造”的几大害处了。但历史教训也并非那么容易刻印在每个人的大脑上。不太久以前，还在什么地方看到“首先要大造群众舆论”之类字样，白纸黑字，十分惹眼。若因“限于水平”，把“大造”误为“宣传”的同义语，却也无可厚非。但因习惯了“层层”，万一真的层层“大造”，层层加码，那就不得了。

更可怕的是口里不说，暗中去“造”。以假为真，变亏为盈，报少为多，化丑为美，以其如簧之舌，如椽之笔，恣意驰骋，造得天花乱坠，而偏偏有的同志很乐于听，并嘱录下以备忘，而当真相大白之后，已经吃亏上当，大呼负负，却是迟了。

还是宜察其言而观其行。这是唯物的。对惯喜“巧笑倩兮，美目盼兮”，而且常常把话说得好听得不得了的人，尤其宜留点神。

原载《人民日报》（海外版）1986 年 6 月 18 日

小滑头与大滑头

滑头还有大小之分吗？有。不但有，而且修养、风度、能量相去甚远。

邀朋友去音乐茶座，吃了，喝了，听了，看了，然后在口袋里摸索半天，叫道："哎呀，不好，钱包忘带了。"小事一桩，当然由对方慨然会账。身上经常有"火"无烟，动辄伸手："今日忘记买了。"此类事情，就是小滑头所为。拿不到"桌面"上，俗称"小儿科"的便是。

大滑头可不简单，那手腕高明多了。比如，遇事其实自己已打定主意，可偏偏不说，偏偏去请问别人，要别人替自己说出来，或取得一个便于当众下决心的"根据"。唐太宗李世民的儿子高宗李治，把老子的爱妾武曌从尼庵里弄进宫去，还要立为皇后。这话自己当然不好明说，便问褚遂良。褚坚决反对，据理力争。

李治无法，又问李勣。这李勣回答得妙得很：“此陛下家事，何必要问外人？”

有这话就足够了。李治当即立武为后。

按《三国演义》的描述，曹操是奸雄，如今天所说“油缸里的西瓜”，滑得很。而那刘备也不是呆子，并不好惹。两人可说是半斤对八两。曹操在徐州之战中俘获了枭雄吕布，大概是很想杀掉，以除后患。但自己不说，却向刘备讨主意，刘备回答说：大主意还是要丞相自己拿呀！你还记得丁建阳和董卓的故事吗？

丁建阳、董卓都是吕布的老上级，且有异姓父子之分，但后来都被吕布杀了。有刘备这样曲里拐弯一点，也就足够了。曹操立即下令把吕布缢死。在这个事情上，刘备虽然也是以滑对滑，但终有点操之过急，表态匆忙了些，论滑度，比曹孟德还差了几分。

滑头办事虽然常常得计，但名声总是不好，所以切切学不得。自己有什么想法，端出来大家研究研究最好。不可总是引诱别人去说自己想说的话。这就难免贻事成功在我、事败贵在人的大滑头之讥了。

原载《南京日报》1986年9月14日

闲话“过瘾”

人的工作职务和社会地位有高低之分，这种差别常在生活的某些领域里表现出来，但进入剧场，作为观众，大概都是平等的，都得坐在台底下，都得遵守“请勿吸烟”的纪律，都得保持安静，不能扰乱剧场秩序。自然这也不是绝对的。偶尔和朋友耳语几句，应该允许，但以不影响他人看戏为度。至于随着精彩的剧情或表演而情不自禁地哈哈大笑或喊几声“好”，这是演出效果所导致，也不必以为“大声喧哗”而加取缔，应该允许人们以自己特有的方式，接受演出的感染，并对演出做出评价。

也不是人人都喜欢进剧场。原因很多，不只出于经济上的考虑。一般人去不去剧场，全凭自己意志，不必受他人约束。有些领导者则不同。有时必须陪同贵宾看戏，无论喜欢与否，均得一陪到底，不能失礼；有时是应请前往审查剧目。这都是任务，不得推托。自然也有接到请帖，欣然前往，进行一番文化休息的。

不论何种性质，演出结束，照例按序登台，一般是握握手、道道乏，和演员们相间而立，拍照留念。有时也说几句“很好嘛”之类的话，大都很有分寸。如有意见，当约定时间在小范围另谈。至于属于看戏后个人内心情绪的话，表达感情的话，似乎一般是不大露的。没有见过这方面的记载。

凡事都有例外。某地一位首长应邀去看一台传统折子戏展览演出，落幕登台，致意时竟直抒胸臆，说了句“很过瘾”。当然还有别的话。消息见报时，那三个字也照登不误。这倒是少见的事。

请容许我做点推论：这三字背后可能还有话，如“妙得很”，如“呱呱叫”！

好就好在这里。三个字至少说明了三个问题：一，这位首长确实和一般人一样，有自己的爱好；他可能是戏迷，很在行。二，这场戏确实使他开了眼，动了情，过了瘾。三，他把自己当成普通戏曲爱好者，过了瘾就明说过了瘾，并未考虑一个“父母官”这样说是否有失“身份”，没有想掩饰自己因过瘾而产生的愉悦心情。

一个大活人，谁没有这样那样的爱好？对艺术创作谁没有自己的观点、态度以至偏爱？

周恩来同志曾坦率宣称在欣赏京剧旦角艺术上自己是“程（砚秋）派”，这并未影响他在领导艺术工作中对待各个流派的一视同仁。我认识的一位50年代就是“团以上”的老同志，日常工作中一板一眼，认真负责，这也不妨碍他在夜间骑车回家途中，引吭高歌，“一马离了西凉界”，并摇头晃脑，颇为自得。

已经扯远了。我其实想说的是，很希望透过这位同志看戏后公然表示“很过瘾”这个小小窗口，看到“官”与“民”更多的一致：生活方式的一致，思想感情的一致，以及表达思想感情方式的一致；或者说，靠拢些，更靠拢些。

如果地位一经变化，渐渐连“很过瘾”之类表达情绪的话也不会说或不便说了，那绝不是好的征兆，只能说他已由群众变成“官体”，而且生怕“有失”。这也苦得很。不是有的同志一旦荣升，就连说话的腔调，握手的方式都发生变化了吗？！

原载《现代作家》1986年10月

“眼色”浅谈

眼睛有什么看头？一双眉下两个窍，装着两只瞳仁，里黑外白，人人如此。但毕竟还不止于此。眉如弯月，目若点漆，盈盈秋水，顾盼神飞；熠熠然光彩照人，炯炯然颇见精神。从美学的角度说，也还值得一看。只是虽然可看，却不宜多看。弄不好会引起误会的。

我们的老祖宗确实善于造词，“眼睛”之外，还有“眼色”等等。众所周知，这个“色”并不作颜色解，而是指的神态，一种与心理状态同步的外在反映。喜、怒、哀、乐、愁、烦，以至欲望、渴求、憎恶、胁迫等等。凡心有所动，莫不形之于外，而常常首先在眼睛里表现出来。所以画家、作家写人时很注意眼神。“画龙点睛”，龙且如此，何况人乎？这一“点”实在是大功夫。

更值得钦佩的是用眼色和看眼色的本领。眉眼可以传递信息。心有灵犀一点通，往往由眼睛完成任务。戏曲舞台和古典小说常有“眉目传情”的描摹，其实眼色之作用远不止于男女相悦。使个眼色，对方立即会意。“此事不用您开口，您的心思我自知”。于是竭诚去办。好事自然办的不少，也往往揣摩其意，满足他不便说、其实也不必说的要求的。美屋、美车、美衣、美食，捆人、打人、骂人、整人，还有其他一些严重触犯刑律的肮脏事。尽心尽意，唯恐不周。

也有完全无须动用眼色的事。如有人所说过的，一当了官后面就出现几个端茶倒水的人。当然此类现象还可再深入斟酌一下。如果没有人喜欢给自己端茶倒水，则偏好端茶倒水的人是否会逐渐“消亡”？看来是可能的。

惯用此类眼色授意的固然不可取，善观眼色而自觉呕心沥血、充分满足其要求的也够呛。当然，这也是一种交换。他会捞到好处的。也有人并非想从人家眼色里找东西而有所施为，而是掌握不住自己命运，常由人家眼色来决定自己的情绪。见人家眼色严峻，于是畏畏然然；眼色冷漠，于是惴惴然；眼色平和，则又释然而喜。其实谁都有自己的脾气，都有自己的心事和情绪。看他何来？看人眼色过日子，也实在苦矣哉！自尊、自重，包括“我行我素”的意思。不怕地，不怕天，一条大道走中间。问心无愧，何惧之有？至于要靠使眼色和看眼色来达到“不可告人”目的，那只有用四字形容：宁不悲夫！

原载《今晚报》1986 年 10 月 15 日

何来“印象分”

印象，可以认为是客观事物反映到大脑，自然而然所做出的评价。因为主客观都非一成不变，这评价也往往不稳定。所以有“第一印象”和“第二印象”以及“模糊印象”和“深刻印象”之分。

印象往往靠不大住，影影绰绰而已。若再戴着有色眼镜，自然更看不准；万一人家设置假象，说瞎话，做手脚，又很容易上当。因而听说印象居然也有固定分值时，就不免感到新鲜。

一个检查团下基层几个单位考核工作，需打分以定高下。项目、分值都很具体。如安全占百分之几十几，卫生占百分之几十几，节约、成功率又各占多少；加之又有“三无”、“四有”、“五达到”、“六面光”之类的标准，给分原不甚难。头头提个“主导意见”，大家拍手就得。并不需要像电视大奖赛那样，“去掉一个最高分，再去掉一个最低分……”那样麻烦。唯独那个“印象分”难把握，而由于占的份额还相当大，有“举足轻重”之势，就更容易带来不少麻烦。

想来，这“印象分”是个全景式估量的分值。深入细节之后，再退后若干米，登高鸟瞰，总览全局，给个分数，几者相加，便成定局。从局部到整体，从微观到宏观，反复考查，以求精确，如此看来，“印象分”似还有其意义。

设若受到某些人为干扰，便麻烦了。如受检者做些十分动听而不尽符合实际的汇报，并以关心上级为名，苦心孤诣让他们住好、吃好、游览好之类。人总是有感情的。在大饱口福眼福心里美之际，有人就会难以自持，把“印象分”打得宽一点，即有不到之处，也可“一俊遮百丑”，使其仍有夺标可能。自己则拍拍屁股，走也！

这就很容易产生连锁反应。如此这般，乙单位早已侦知，便要加码；丙单位也不呆，好，再加一码，看谁给的“印象”好！

好端端的比文明、比成绩的事变成了比接待、比印象，岂不令人难过？

当然并不都是如此。关键在于是否都唱“正气歌”。受检者推出优秀工作成绩，何愁印象不好？即便“印象分”上不去，但公道自在人心，上无愧于列祖列宗，下无愧于神州大众，自己睡得酣畅，吃得香甜，何憾之有？检查者作风过硬，两袖清风，若有企图用不正当手段博取“印象分”者，不但不给，反而大大倒扣，看谁还敢?

许多派赴基层的检查团之类组织，行前都信誓旦旦，定下几“不准”之类的纪律。果能说到做到，不掺杂，不接受变相厚遇，那么不知何人发明的那个“印象分”，便可寿终正寝了。

原载《今晚报》1986 年 11 月 19 日

只把寻常话做诗

房皞在《读杜诗》一诗中有云：“欲知子美高明处，只把寻常话做诗。”房先生至少从一个很重要的方面道出杜甫作品的妙处。

岂止杜甫，大诗人多是如此。李白的“床前明月光”，以及《赠汪伦》《峨眉山月歌》等，也都是“寻常话”。白居易写乐府诗，百姓可解，可以认为近似当时的“大白话”，但感情深厚，韵味无穷，诗情画意尽在其中。这些作品又不是轻易得来。有丰富的生活积累，饱满的感情郁积，即景生情，发之为诗，又经锐意经营，以其情之真、言之切获得读者共鸣，乃得以传世。

古时诗人们不一定都想“发表”出来以争取读者，大抵是在朋友中流传，“言志”、“传情”而已。现在，文为时而作，谁也不会否认，因为要送到编辑部刊载的。当然也有写给自己看的，写了收到抽屉里。

只求“通达”却淡如白水，自然难受欢迎；但既是为了给别人看，却又着意搞得很玄奥，很艰涩，人家看了很难领略，只好去猜。有些句子、段落甚至只有作者自己才懂，说它高而且新，似乎只能算“一家之言”吧。

原载《人民日报》1986 年 12 月 17 日

既“无”，又何从“加勉”？

缺点、错误是“虚”的，还是“实”的呢？

看来应是“实”的，是在某人身上实实在在有着或有过的东西。如果没有而硬说其有，那是捏造。

进行批评和自我批评，强调“无则加勉”，不符合实事求是的精神。实事求是，首先是“实事”，即客观实际上存在的事物。错误、缺点，有便有，无便无，如此严肃的事，怎好马虎？

那么哪里来的这个“无”，而且要人家去“加勉”呢？看来只有以下诸解：或道听途说，或妄加猜测，或夸大其事，甚或生编硬造。

是否曾考虑过被批评者在“无”的情况下，还必须表现出“虚心接受”、“感谢关心”的吗，矛盾心情和苦恼呢？在“无则加勉”的约束下，只有低头，只有小心，只有唯唯。

而掌握住这四字令箭，喜给人以精神折磨或怀有其他目的的聪明者便可以大有施为了。我就这样批评你，你否认吗？你辩解吗？你不虚心？你狡赖！你不老实！你头上有“反骨”！

指出错误，要有事实；指出缺点，同样要有事实。不然这缺点就无从说清楚。“皮之不存，毛将焉附”。

不着边际的缺点居然能说得出口，那往往藉助于“我感觉”的模式。我感觉你骄傲自满，感觉你不负责任，感觉你……

说天气不错哈哈哈，完全可以凭感觉；大不了哈哈哈而已。在政治生活中可不能允许。

这个“我感觉”曾经是把无形的刀，而众口铄金，更足令英雄气短，志士消沉。它往往比举出错误事实进行批评还厉害。事实不符还可以辩解、澄清，而对这个“感觉”常只能无可奈何苦笑笑。你怎么能反对人家对你的“感觉”呢？有人是很善于运用“我感觉”的，在关节眼上往往产生奇效。讨论人家的入党，强调几个“我感觉”，可能使人再接受一段考验！酝酿什么人选时，来几个“我感觉”可能把人拉下马，因接受考察而永失提升时机。

“有则改之，无则加勉”是先贤所道，既然颇有道理，自然可以援引。但考其来历，原是朱熹先生据《论语·学而》章中颜渊所说“吾日三省吾身”发挥的。是就自我反省做的文章。“有”，当然要改；把“无则加勉”借来作为被批评者应采取的“规范”态度，则似不妥。倒是可以着重提倡批评人者注意实事求是，这样，效果可能好得多。

原载《南京日报》1987年1月8日

今日“八阵图”

《三国志》载：诸葛亮“长于巧思”，不但发明“木牛流马”之类，还“推演兵法，作八阵图”。

“八阵图”早已大大有名。杜甫写诗咏唱过；罗贯中在演义里描写过。但到底啥模样，谁也说不清。所在地点，古籍所记也各有不同。出了名人名事，都想拉到本地来，以为“鄙乡”、“鄙人”添光增彩，看来此事古已有之。

阵，是交战前布好的战斗序列。岳武穆说：“阵而后战，兵法之长，运用之妙，存乎一心。”看来就是指的打仗先要部署好兵力。前军、后军、左军、右军等等。诸葛亮非常注意军容军纪，且善于分析形势，指挥得当，所以打了不少胜仗。打仗“一窝蜂”不行，“八阵图”之类的玩艺也靠不住。

舞台上和小说里的打仗则是轻松愉快的，动不动就摆阵。一字长蛇阵，八门金锁阵，穆桂英破的天门大阵等等，打仗时还要逗趣。一个招招手说："你敢进来？"那个就傲气十足答："俺岂能怕你？"单人独骑就闯进去了。原来那阵正如传说中的"八阵图"一样，分休、生、份、杜、景、死、惊、开八门，走迷了，就会遇到雷霆风雨，飞沙走石。只有从"生"门出来，才走得脱。

我们有些同志确实聪明，很善于推论、考据。例如虽不见尸，却能推出杜甫是死于消化系统毛病。而"八阵图"也已根据秘传资料"挖掘整理"出来。名为"八卦迷魂阵"，其实却是个游乐园。里面是用竹笆隔成的复杂通道，漫游其中，随处可遇障碍，只是没有飞沙走石。转久了便会晕头涨脑。

造个仿"八阵图"的迷魂阵，给人逗逗乐，没什么不可以；倒是不免联想起，在人际关系中，也难免遇到"八阵图"式的"迷魂阵"。自己同志，却故弄玄虚。明明在东，却说在西；明明是有，却说是无；明明同意，却又忸怩作态……如此种种，不一而足，总要显示自己的高明深沉，使人如坠云里雾中，甚至引人上当。对自己人玩权术，把人搞得迷迷糊糊，不知所措，就是非常不可取的了。

原载《今晚报》1987年5月10日

旅行家的预言

经常会听到发现新的旅游资源的消息。或奇峰异水，或怪石古林，或高瀑深洞。其中有些是早已有之但久经湮没，现又重新发掘出来的；有些则是隐于深山密林之中，一经发现便呈异彩；还有些是埋藏地下数千百年的文物。总之，它们都是我国文化宝藏，举世无双。

于是精于旅游的同志便说：“这些地方，要游就抓紧，最好在一年以内。迟了就没多大意思了。”

这话听来似没头没脑，很玄乎。其实这是他们深有见地的经验之谈。

我国旅游形势发展很快。一旦有新的风景点闻于世，中外旅行家们便会慕名赶去，以图大饱眼福，娱乐身心。当地主管部门也抓紧营造，来适应大好形势。例如竭力多定景观，凑成几十几景，并配属建筑物，以求添色增辉。于是亭、台、楼、阁、园门、牌坊相继拔地而起。但因操之过急，又无专家指导，不免看来华丽而实则很欠规矩。资金不足，又难免出现“胡子工程”。接着饮食店、小卖部以至宾馆、餐厅等生活设施陆续出现。夏秋则又有若干出售橘子水和水果的摊点。于是，好端端的一个名山胜迹被“打扮”得不伦不类。这一切，时间太短弄不起来；拖长了又影响“招徕”。于是一年之期，也就恰如其分了。

地方走得多，这些旅游者也就成了半个专家。他们很懂得风景贵在天然的道理。珍珠久堕风尘，挖出来拂去浮灰便可重现光芒。即便有些朦胧，也自有其美处。硬要把它磨光再镀上点什么物质，使它锃亮耀眼，岂不又重复了把周鼎上的铜绿打磨干净的故事？

在新的景观上滥加建筑，是旅游事业的大害。不施脂粉的美人是真正的美人。“略施脂粉”也未尝不可，但切不可打扮成《儿女英雄传》里邓九公的如夫人那样，脸上涂得“脂香粉腻”，胸前又挂上一大嘟噜，本是零碎。这就把自然健康的美都破坏了。连康熙皇帝也懂这个理，说：

“名山胜迹，以存其旧规，为得自然之趣。即如浙江龙井，山水自佳，何必更兴工作？”

最后十字，很值得参酌。

原载《科技日报》1987年6月19日

“自控”与“慎独”

“自控”，早已成为一项专门的学科了，似乎可以认为是机械制造和使用上的一个革命。我眼界甚窄，到 1958 年才见识过“数控车床”。当时还比较“土”，据说用起来并不太便当。现在当然“不可同日而语”了，“自控”已经普及到许多机械上。

这是以自动装置代替双手进行机械操作的专用语。近些年来，“自控”这个词用得广泛了。“自我控制”便是其中之一。运动员就有“自控能力”强弱之分。

运动员的“自控”，是指临场发挥时一种独特的能力，反映了精神素质和技术素质的高下。似乎包括精神上的稳定、心理上的平衡、遇强敌而不馁、遇弱敌而不骄，不受任何客观事态的干扰、敢于充分发挥但又不因兴奋而去搞过头的动作等等。“自控能力”强，就容易使平日训练中的最佳状态在临场时得到理想的体现。否则便会因各种因素的干扰而乱了方寸，失去所长。

看来，干什么事都需要有“自控能力”，以把握自己，监督自己，把事做好。其实，先贤所说的“慎独”就是一种“自控”。可是，刘少奇同志在论党员修养中借用了一下，便遭受野蛮的批判。一个革命者，受命独立地去进行工作，不需监督，而能保持并发扬党的优良作风，这是高尚的修养，需要具有慎而又慎和很强的自我控制能力。当年搞秘密工作如此，在今天开放的时代更应如此。

和外商（或“内商”）面对面谈生意，既要坚持原则又要讲点灵活性，如无“自我控制”能力，便会接受人家的“好处”，更有甚者则还要索贿。出洋考察、学习，经不起花花世界的引诱，会干出不争气以至“丢人现眼”的事来。身居高位，大权在握，品质上有毛病，再缺乏“自控能力”，也要出事。原江西省长倪献策包庇走私犯，四处求情，碰壁之后，竟动用几十万美元的外汇以图消弭此事于无形之间，便是一例。

此类缺乏“自控能力”的人在估计“形势”上也是“失控”的，他满以为神不知、鬼不觉，殊不知事已干了，便成客观存在，早被“造化计算机”储存起来了。败露只在迟早之间，看京剧《秦香莲》，黑老包对陈世美发脾气时的一段唱词，我觉得只有一句最为中听。那便是：

祸到了临头悔不及！——这也算陈世美不能“慎独”，失去“自控能力”的一个结果吧？

原载《今晚报》1987 年 7 月 20 日

“知名度”

“名”这个东西，我们的先哲并不讳言它。有云：“三代以下，未有不好名者。”话说得绝对一些。但一个人受到称赞、宣扬，心里高兴，也是常情。只是切切不宜夸大，尤忌自吹自诩。一过头，便有虚假感，产生嘲讽意味。

讲究分寸，我国有这个传统。“幼有微名”、“名闻乡里”、“名声渐著”，以至“名重一时”、“名标青史”，其义各自不同，不可互相取代。有区别才有政策。因名气大小给以不同的礼遇、安排，不搞“一勺烩”，也是正常现象。提到科学的角度来论名的高下，则是近年来的事。“知名度”三字，在有些地方、有些场合，已成口头禅。这个词当是由国外引进的吧。

“名”既有“度”，理宜力求准确。上引古人诸提法，便是在不同“层次”上体现了一个人的知名程度。现在，如果形之于正式文字，也是要经反复推敲，力求允当；对死人当然总是宽厚一点。但量人的知名度总不可能像量体温那样毫厘不爽，况且这个“元素”也过于活跃。今天七十度，过几天水银柱会猛落，直到冰点以下，很难把握。

有人也和“三代以下”那些人一样，很好这个名。自然很难说他不对。但过于计较，且千方百计人为地提高度数，便不足为训。开个什么会，对主席团成员之位过分热衷，如未安排，便怫然不悦；水银灯大亮，电视摄影机正在扫描，立即趋身而上；会后合影，逡巡再三，总要挨到二排上都已就位，才凑在首长、专家之旁；以至为区区奖励，竟不惜奔逐于诸“权要”之门。凡此种种，看来好笑，想到在为提高知名度惨淡经营，又觉其情可悯。

这个知名度应是一个人的社会实践——政绩、作品、成果在群众心目中的反映。不论以德名，以才名，以文名，都会有一个公允的评价，恰如其分的“度”。“人人心里有杆秤”，没人能恩赐，也无法自己定。

清高宗爱新觉罗·弘历，作为一个皇帝，知名度相当高。这总是因为他做了一些顺应形势的事，也有一些不得人心的事，给人留下深刻印象的缘故。说书艺人也帮了忙，《乾隆下江南》，一时几乎家喻户晓。他喜欢做诗。有人统计，他的作品有几万首，远远超过多产的陆游。他六次南巡，每到一处必留诗若干。但他的诗作实在平庸。一则皇气太重，总有五色祥云缭绕其间，面目可憎；二则形成套套，很少出新意，大抵是“圣德”之类的自诩；三则有的着实不通，不知所云。而几万首诗怎样写出来，也令人费解，不能不怀疑有人捉刀代笔。这些人既要模拟王气，不免忸怩作态，自然难出好诗。所以数量堪称天下第一，且又有不少“臣”去歌颂他的“御制”，但终无一首可传，还不如唐玄宗李隆基，好歹有一两首留下来。所以作为诗人的乾隆，知名度就低到近于零。

“知名度”大，不可盲目自喜，还是要掂掂分量，看看内容。所以过于名不符实的“度”，也需要压一压。否则度数高，就易膨胀，甚至爆炸。

原载《人民日报》1987 年 8 月 11 日

后收入《中国杂文鉴赏辞典》（山西人民出版社 1991 年 1 月版）

仍需“惜墨如金”

不少人抱怨现在报刊上的文章太长，虽然呼唤短文的舆论日多，但说者自说，长者自长；叫喊一气，长风稍减，叫喊暂停，长风照刮。

恐怕不能认为好写长文的都是想多得稿费，喜讲长话的都最好摆谱儿。喜写长文的人总认为有必要才弄长的，所以不能说长的都不对。当长则长，当短则短，中肯之议也。

但若认为短文短话根本无法解决问题，也不全面。王安石的《读孟尝君传》就是短文章说透大问题的一个范例。九十几个字，四句话四层意思：世人都说孟尝君能收罗人才，所以他能摆脱在秦国的困厄；其实，孟尝君不过是个鸡鸣狗盗之辈的头子罢了；以齐国之强大，能得个真正的人才，足可以把强秦抑制住；只因为孟尝君喜欢鸡鸣狗盗之辈，所以真正的人才也就不登门了。如此简练的文字，翻了个孟尝君爱才、门下常养三千客的大案。论点鲜明，论据充分，逻辑严谨。作为一家之言，已传了九百多年，成为古文名篇。

古文有简约的特点，今文有自己的时代性，自不能相类比。但如果认为短文不入“品”，不入“流”，只有长文能打响，或是总担心人家看不懂，听不懂，翻来覆去地说，怕也不妥。古人所提倡的“一字师”、“推敲”之类，是作文、讲话的基本要求，永远不会失效。鲁迅主张文章写成后多看几遍，把可有可无的字句删去，毫不可惜，他自己也是身体力行。可惜这种“惜墨如金”的精神，并非所有人都能领会，长风势头仍然“看涨”。

如果自己硬是舍不得删，那就除了靠编辑的铁面无私大手斫轮之外，从稿费体制上可否进行改革？即：以质、以篇计酬，改变以字数计酬的旧法。

原载《人民日报》1987年12月8日

从“吃吃看”到“试试瞧”

一个六尺门面的小店，高高地挂起面招牌，命曰“吃吃看”。

这三个字既是呼吁、招徕、邀请，也是信心十足的表现。店主相信自己的货色能够得到顾客的承认。从名字也可以看出它不可能是灯红酒绿的大餐厅，不过小本经营的袖珍饮食店而已，一份每锅只烧一碗的肉丝煮面，不超过五角钱。大碗宽汤，有滋有味，足可以当一顿饭来对付。邻近的住户愿意带小锅来买一份带回去品尝；对每天拿二元五角住勤费的出差人，更不啻是个风水宝地。现在跑外勤的似乎有个舆论，说是南京吃食之贵，在全国大城市中居于前列。确实有些餐厅可能给人以此种印象，但此话不能算全面。如果他能找到“吃吃看”之类的小店，印象会改变的。据我看来，此种价廉物美的饭食，至少在北京、广州是难以碰到的。当然，想吃香喝辣，在这里就无法满足了。

“吃吃看”这个招牌，还有如不满意，下次便不再来吃的寓意。老做“一锤子买卖”，小店怕也经受不起。所以一般讲，主事者还算老实的。

我欣赏“吃吃看”的招牌，鄙薄“试试瞧”的做法。

所谓“试试瞧”，是指的有些地方时兴的新产品“试用”之风。出了新型号的电冰箱、录音机，便拿出一部分来，恭恭敬敬给有关领导人送上门去试用一番，不取代价，或只象征性收点费。

可以研究一下，这“试用”究竟有何涵义？

是对领导的尊重吗？尊重是应该的，但何以要慷国家和人民之慨呢？

是表示对领导支持的感谢吗？感谢方式很多，何以非献上如此高贵的礼物不可呢？

真的是恳请领导试用一下，鉴定质量高低吗？那么“试”了以后，便当收回，何以一“试”起来，便如泥牛入海呢？

左思右想，得不到一个圆满的答案，因而不得不从实质上解释一下：就那把商品免费奉献给某些领导的厂家来说，是“行贿”；就欣然收受的领导来说，是“受贿”。舍此而外，岂有它哉？

原载《南京日报》1987年12月10日

档案、起居注及其他

按我们的人事制度，谁也无权调阅自己的档案。如果凭借职权擅自取看，便是严重的违纪行为。

无此职责，即便身在人事部门，他人的档案也不能看，否则便是越权。十年动乱时期档案工作很乱。有些人窃取权力，恣意看人家的档案，以至自己的。还编材料，塞材料，“抛材料”，害人，直至把人害死。

“拨乱反正”以后，档案工作逐步走上正轨。首先是清理。把不实的、无用的清掉；把该还给本人的还掉；该查清的继续做工作。于是原来其厚盈尺的档案变薄了些。据说要把人事档案清到最简单，可以反映本人面貌就行了。有些领导部门还一再打招呼：请同志们放心，一定按规定清理好，直到最单纯的程度，绝不留尾巴。

但即便清到最单纯的地步，自己的档案也是不能看的。我国古代就有这个规矩，虽然未必人人都能遵守。李世民这个皇帝就曾问过谏议大夫褚遂良："你是负责记载我的言行（起居注）的，能够给我看看吗？"褚说："史官记皇帝言行善恶，为的是皇帝不敢做不好的事。没听说有拿出来给皇帝看的。"李世民说："我如果做了不好的事，你当真记下来吗？"褚说："这是我的职责，不敢不记。"黄门侍郎刘洎当时评论说："即使遂良不记，天下也记下了。"这理解高，也看得透。以李世民地位之尊，一言一行，牵动着整个朝廷和社会，有人从旁监督当然必要。

是非自有公论，公道自在人心。古代如此，今日依然。我们主张群众要监督领导，公仆要对主人负责。岂止高层，一个村，一个县，一个乡……领导人的言行都在群众眼里，都会得到应有的评价。这是为无数事实所证明了的。随着社会的进步，群众行使民主权利自觉性和能力的提高，就要求一切代人民行使权力的人行为必须更加检点、审慎，切不可辜负人民的重托和期望。

原载《长江日报》1988年1月22日

崇儒祠中所思

第一次到泰州，就听说有位大儒王艮先生，是泰州学派创始人，有很高的学术造诣。惜乎在国内没有受到应有的关注，倒是有外国人在研究，并有所成就。这种学术上的“内转外”，实在是很可惜的。

二访泰州，比较从容，知道有个“崇儒祠”，是在王艮先生故居的基础上重建起来的。精致的四进厅堂，展览着王氏著作及后人评价，便又感到安慰。随着两个文明建设的发展，人们生活和思想境界的提高，王先生的学术成果终会受到更多的重视，被进行潜心研究，得以发扬光大。

我想，历史不能、也无法割断；文化自有其延续性，谁也没有本事搞无米之炊。一切文化中都有从老祖宗那里继承下来的成分；当然，有批判，有扬弃，但不可能统统抹煞掉。我们的知识来源除社会实践之外便是书本。书本知识是从老师那里得来的，老师又是从他的老师处得来。由此上溯，孔夫子应该是我们的“太老师”，尽管他的许多观点直至整个体系上需要批判。黑格尔是德国典型唯心主义哲学家，但其体系中某些部分是进步的，马、恩就批判地继承了他的许多观点。文学上“这个”的命题，便是黑格尔提出，经恩格斯继承下来，成为马克思主义文艺思想的一个重要观点。黑格尔是马、恩的老师。当然，黑格尔也有他的老师。

再说孔夫子。他的“学而时习之，不亦说乎？”“人而无信，不知其可也。”许多观点，能打得倒吗？“食色，性也”则是同时代另一位哲人说的，在当时够大胆的了，虽然还有“非礼勿……”等加以限制，尽管可以批判，也还需要分析。彼“礼”非此“礼”，固未可一概而论；但当今社会上有些“无礼”的言、行，还就是不宜去看，不宜去听。谁愿意让自己的子女去看黄色录像？至于说，“我的知识最先进，是跟我大脑一起产生的；老玩艺统统大大地坏，与我无缘”。这就是“滑天下之大稽”了。

原载《秦州时报》副刊 1988 年 2 月 18 日

“负责”之中的文章

当工作出了什么问题，有时会听到如下的说法：

“这事由我们领导负责，不怪下面，以后注意就是了。”大包大揽，慷慨激昂，义形于色。

确实，这话对各方面都说得过去，都有个交待。对上，已经表示本级领导愿负责任，算是自责；对下，又表示了宽容，不予追究。对干部够爱护体贴的了。

但再看下文，往往落空了。“昔人已乘黄鹤去，此地空余黄鹤楼”。一切都消融在青山绿水中，就剩了两字：空谈。究竟谁负责？负什么责？是否也够处分的分儿？在党、政、法纪上有无体现？甚至在一定范围内做过稍稍像样的检讨没有？原来，当说“这事我们负责”时，已算画了句号，“结案”了，可以偃旗息鼓了。可见此中大有文章。

这种可以说得上是一种不负任何责任的“负责”等于不说。当然，从另外一个角度看，这又是用温和态度解决尖锐复杂矛盾的一个高招。小问题则是根本谈不上负责不负责的。

果真要追究责任者，并不费难；线头再乱，也能理出个头绪来。事情是人办的，各人又有自己的分内之事。出了岔子，不难找出根子。上头的，下头的；主要的，次要的，认真一调一查，总能有个水落石出。

不该去空谈“我们负责”之类的话；这多少给人以掩盖矛盾的印象。最好是硬硬邦邦地说“问题已经查清，应由某某人负责，因为……”，或“这事主要怪上面，主要应由我（或者某某人）负责，因为……”这个“因为”很重要，下面的话一定要说出来。是教育不周？是领导不力？是乱出主张？是官僚主义？抑或是进行了很不适当的“插手”、“干预”？都宜说清说透。不然就是一片迷茫，导致大家都可以不负责任，从而再出纰漏或重蹈覆辙，以至“上行下效”，层层如此。

至于领导威信的高低，部分地正由此类事情而决定。

原载《新华日报》1988 年 3 月 5 日

书到用时方恨少

认识社会，搞创作，一少不了生活实践，二少不了书本知识。前者可获得亲身感受；后者可借鉴前人。历史不能割断，谁都没本事两手空空平地起楼台。所以重视文化的国家和个人无不讲究藏书。北京图书馆虽已早具规模，国家还是不惜巨款大兴土木，把它建成目下世界第二、远东第一的大馆。私人藏书更是优良传统。有人宁可压缩生活费用，也要把心爱的书买到手，以备不时之需。

“读书破万卷，下笔如有神”，这是杜甫回忆青年时代文思之捷，也是他的深刻体会。读书自然是经过消化的，绝非生吞活剥。选取少许为我所用，则要“合法”。毛泽东的诗句“一唱雄鸡天下白”，便是从唐李贺《致酒行》里的“雄鸡一声天下白”翻过来的。但每首诗作只能用一句，多了不行。

“书到用时方恨少”，也是经验之谈。找个什么根据，论到什么事物，却想不起来，书又不凑手，这是很大的遗憾。“恨”将起来，便要发愤，逼着自己多读书、多买书。

有一度，若是著书人在政治上“垮”了，他的著作便彻底“贬值”。许多名字一旦成了“牛鬼蛇神”，写的书便成“毒草”。现已明白，其实大可不必。当时借阅无门，也不免兴“书到用时方恨少”之叹。有些书已经过时，有人处理掉，有人留着，我是主张留着的。世界上没有无用的书。不是说，正反面的东西都要了解，才算全面吗？

原载《人民日报》1988 年 3 月 24 日

鬼的人化和人的鬼化

说“活见鬼”，不过是在气头子上寻个开心。鬼究竟是啥样子？怕谁也说不出。

银幕和舞台上却是出过鬼。影片《哈姆雷特》里出现过“父王”的魂灵，那是“洋”的。“土”的就更常见了。戏曲《红梅阁》里的李慧娘，是个美丽温柔的鬼；《嫁妹》里的钟馗，是个方直刚烈的鬼；《乌盆记》里的刘世昌，是个安分守己的鬼。他们都有“特异功能”，李慧娘会现形喷火，刘世昌能让人头疼。但他们的外形并不使人害怕，他们生前为人善良，又备受冤屈，因而死后化鬼也容易与善良的人们建立起相互理解的桥梁。

他们是“好”鬼，但有时也“厉”，那是被逼得无奈时迸发出来的一种反抗，他们有人性，有七情六欲，不过最经常的还是要求申冤，甚至只是祈求不再遭受逼迫，平平安安过个“鬼日子”而已。他们并不轻易动用特异功能去吓人。试看李慧娘在保护裴生、钟馗在为妹妹送嫁妆时表现的感情是何等挚诚，就更可体会到他们确实已经人化了。

但从一定意义上说，仍有“活见鬼”的现象。

允许我反其义套用两位伟人写过的话：一个幽灵，在我们新生的大地上徘徊。这幽灵渗入某些意志薄弱者的细胞之中，导致了他们的鬼化，他们虽然也具有人的一切生理和心理的机能，却常不干人事：贪赃枉法、诈骗拐卖、打击陷害……古人用“鬼蜮伎俩”四字奉送他们，极有见地。

鬼化了的人刁钻得很，俗话称之为“成精”。他们很知道自己身上已鬼味十足，但甜头尝尽，欲罢不能。即使用“照妖镜”自揽一番，仍可能哈哈一笑，依然故我。这就很像《红楼梦》里的贾瑞不能自已地偷看“风月宝鉴”的反面一样。这又是他们的可悲处。

鬼化的人转回来之所以难，一难在自己不肯回心，二难在帮倒忙的太多，我们有强大的专政工具，具有化鬼为人的功力，只因障碍不少，往往奈何他们不得，就连一个小镇上卖烧鸡起家的严重鬼化了的青年，由于直到省级部门层层有人力保，竟然演出三擒三纵的闹剧，最后还是在外地案发被捕。又何况大有来历的人物？

当然，科学地讲，这两种“化”本是不好并列的，我是说，尽管有些人有能力按“贾瑞模式”快快活活地鬼化，并去害人，大家总还是祈盼我们的“门神”更加尽职尽责，使“大鬼小鬼”进不来；进来也要逮住，按律发落。则人民幸甚，“四化”幸甚。

原载《南京日报》1988年4月21日

斗胆提个方案

“微服私访”四字，在公案小说里会经常看到，一般以府、县两级主官为多。这大概由于他们总算身居基层，需要熟悉当地风俗民情，以使制定“牧民”方略。他们又有坐堂断案之责，有的便要化化装，穿上便衣到民间去访查，取得第一手材料，回到衙门，换上官服，把犯人提上堂来，衙役们吆喝一阵之后，命犯人抬头，主官便问：“你认得老夫吗？”犯人大吃一惊，知道已着了这官的“道儿”，于是不待三推六勘，便招供画押了。

虽是小说家言，却也并非毫无根据。不可不信，不可全信。此类事史书是有记载，只是不像小说写得那么神秘、曲折。而那时，一个六七品官能下去走走，总算不易。

现在也有“微服私访”的。从报纸所载看来，也主要是新上任的地方上的领导者。一个人到商店蹓蹓，车站码头跑跑，看看工作秩序和服务态度。一般总是碰个钉子，于是找来主管官员，亮出身份。主管官害怕，连忙检讨并决定对“肇事者”采取组织措施。这位领导则总是指示不要责怪那个小青年，还是采取根本措施、进行改善为好。如此等等。

这类被赞美为作风深入的“微服私访”，当然有其积极意义，至少可以掌握住一些局部的部分情况。但毕竟有其局限性，且只能偶一为之。而往往是“新官上任三把火”中的一把，日子一长，诸事猥集，便顾不上了。

倒是可以把这种即兴式的“微服私访”改为常规的“常服公访”；变秘密为公开，化“偶然”为“必然”。总揽一方行政之官日理万机，应制也多，自然不可能把很多时间花在这上头，更难像普通公民或一般干部那样安排生活日程和“方式”；但也不至于就忙得“针插不透，水泼不进”，总可以抽出一点时间，过一过普通百姓生活。恕我斗胆为较高层次的领导安排一个活动方案，每月不妨四次，每次不超过一小时，内容为：买一次菜，乘一次公共汽车，上一次小巷公厕，和宿舍所在的居委会所辖群众聊一次大天。

这要求大概不算高，从会议和应酬中稍稍挤点时间就足够了。但万不可事前打招呼，万不可坐小车，万不可带秘书，万不可隐瞒姓名和职务。

这样一来，可以了解到许多在办公室、会议楼里听不到，见不着的事，且有亲身体验，估计就能知道老百姓之苦。至于以后该干什么，怎样解决老百姓的实际困难，心里大约就有“谱”了。

这样，会尝到甜头的，只要是诚心诚意当人民公仆。上述所言，是我思考良久，斗胆提的方案。

原载《今晚报》1998 年 4 月 24 日

聪明的大禹

兴修水利，我国有悠久历史，有许多能人，传下许多专著。几千年以前，就有大禹治水。他很聪明，一反他父亲鲧的筑堤防堵，而采用疏通江河、兴修沟渠之策。辛苦十三年，终于平了水患。得出疏导的方略，确实大不易。他自然接受了老子的反面经验。但在当时的条件下获得成功，不能不承认他具有很清醒的科学头脑。

不仅治水患，许多问题都要靠疏导解决。堵导致事物窒息，死气沉沉；疏能使血脉通畅，生机勃勃。且举个小例。这几年汽车数量猛增，道路远远不能适应。两车狭路相遇，各不相让，便顶起牛来。后车络绎而至，轿车、面包车、卡车两大串，都在耗着。而“城门失火，殃及池鱼”，连自行车和行人都“进退失据”。

光顶着总不是个事。车上人似乎并不着急，只有靠交警或戴袖章的“交警助理”来干预。用的办法便是疏导，当然和治水不可能一样。主要是动员后车倒退，小车靠边，应左应右，各按规矩，“疏”出一条“通”路来，使堵塞慢慢缓解。

思想上的事，尤其要讲疏导。按我的理解，疏是“疏松”，导是“引导”；要讲规律，向最科学、最合理的方向和路上引，不能瞎指挥，更不能发脾气。硬堵尤其不智，思想这玩艺儿活跃得很，不应该也不可能强求一律。不讲科学，不重疏导，一味设防，说不定会把事情搞僵，那漏子就大了。遇事想想大禹，可能有好处。

原载《江苏科技报》1988年5月5日

品而后评

我国的方块字虽然很讨嫌，但无论单词还是词组，凡是基本定了型的，都有根据可依，讲究可说。

比如这“品评”二字，重点应在“评”上，即对某种事物做出评价，带有结论性质。但那个“品”也不可忽视，绝非可有可无。“品”者“尝”也。咂咂味道，琢磨琢磨，比较一番，方能得出高下优劣。不品而评，乃是盲评，如何能够准确？

偏有惯于不品即评的。他特别信任自己的耳朵，且先入为主。听人家说某处风景好，他便跟着说：“好、好、好”，甚至认为足以甲天下。听人家说某作品系出自某名家之手，便认为“当然高明”，闲聊起来，还不免以内行自居，弄几句“乃是此公扛鼎之作”之类的评语。以这种态度看待事物，难免吃亏或给人留下笑柄。

“崇名”的多了，不但自己容易上当，还可能造就出名不符实的“名家”、“名物”。假的会变成“真”的，丑的会变成“美”的。一些骗子手之所以能够得逞，几乎无不在“名”这一字上做文章，以混过人们耳目。而善良的“崇名”者，如果耳闻某地“风景绝佳”，也不问个仔细，便不远千里前往一游，结果觉得并不似听得的那样好，而且弄得疲惫不堪，钱花了，时间也浪费了。

在文坛上，有些同志则是自觉为之的。初学写作者崇拜某名家，便苦心孤诣仿效他的笔墨，结果不但不得要领，反贻“东施效颦”之讥。而有的出版物，偏又认名不认质。觉得某某“知名度”很高，便不惜以最高稿酬约稿，目的在于借其名以扬我名。只要有个大名摆到要目上就好。稿子一到，几乎一字不易，即刻付梓。质量究竟如何，倒在其次了。

这样，只能鼓励粗制滥造。乐于搞此类“应酬”的作家，能否“名”到底，很值得怀疑。

原载《扬子晚报》1988 年 5 月 17 日

民主也要“配套”

我们的社会主义民主已迈出了新的步伐。“两会”表现，人所共睹。有了第一步，就有第二步，逐步完善，形势乐观。

但有些语言还落后于行动，没有“配套”，有个会上，问题也经酝酿过，就要实行民主基础上的集中了，一位执行主席就曾做如下的宣称：

“现在提请大会通过！”

这“通过”二字岂是此时可以说得的？举手也罢，投票也罢，民意还没有出来，怎么就可以提请通过呢？不能认为这位执行主席是有意的，只是形势发展了，他的思想还没有跟上来，所以还是“老一套”，他还不习惯这样说：“现在提请大会表决！”而投票或举手后，经过计票，确实认定赞成者达到法定数字时，才能宣布：通过！

“通过”二字是发扬民主的一种集中体现，是很神圣的。

过去说惯了，就不容易改口，我也曾听到过这样的宣传：“出席人大的全体代表学习了某长的工作报告，一致表示热烈拥护！”

某长是人大代表选出来的，他应对人大负责，并接受监督。他的报告只能提请大会审查，而不是让人家学习。这种颠倒，实在不应该。但既已习惯，也就见怪不怪了。

至于某地有位“父母官”到政协会议上去表示祝贺，客套一番之后，话题一转，就左一个“政协应该”，右一个“政协必须”起来，则不知是他确实缺乏起码的常识，还是把政协当成他的属下，于是便训起话来。这样的同志，很有必要认真学一学政协的性质与政府的关系。特别是周恩来等老一辈同志怎样对待政协组织和政协委员的。也许，他现在已经不同于往昔，成为明白人了。

我们的民主教育，还需要大大加强。各个层次的人员都该补上这一课，包括运用民主权和接受民主监督的人们。全部配起套来且榫头接得很吻合，民主的步伐自然会快些。

原载《今晚报》1988 年 5 月 19 日

学然后知不足

学得越多，应该越是长进，难道竟有越学越感到自己不够的吗？

古人这句话其实是概括得很精彩的。可以从多方面去理解。或是见得多了，一比，自感所知还甚少，不足；或觉得人家见解很高明，一比，自己还较浅薄，不足；或者深感知识海洋实在博大精深，永远学不尽，不足。

自知不足，必需有个条件：虚心。学得一个虚心，便是大长进。

世上也多有不大肯学，或学而不求甚解，仅仅略知皮毛，便感到自己很足的。与人谈话，可以滔滔不绝，旁征博引，自以为学富五车，足以教训人了，于是开口“懂吧？”闭口“告诉你！”

初时也感到此人确不简单，不免肃然起敬。日子一长，却又感不对了。不但常常言不及义，甚至会闹出大笑话来。别人只有偷偷笑他，不便当面点破。

做报告，也不乏俯首照读他人起草文稿的。虽然在要紧处也抬头慷慨激昂一下，赢得掌声，但内容大都是上面文件的翻版，只不过下了一番排列组合的功夫，很少个人见解。有时联系点实际，也如穿靴戴帽，谈不到点子上。而如果又是惯当墙头草的，也没什么“肩胛”，只是东吹西倒，西吹东倒。要紧处依然慷慨激昂，并不去略说一说思想是如何演变的。看来轻松，想来也够苦的。这也是不学之过。

不论什么人，信口开河或唯恐越雷池一步，都与不学或少学有关。如果能从这里那里挤出点时间来，认真读点书，学点社会知识，研究点问题，从中悟出自己还有不足以至大不足处，因而突破安于现状的心态，则无论做人，或是为官，都将是有益的。

原载《江苏工人报》1988 年 7 月 20 日

文武官员到此下车

我们的国家还很穷，但汽车实在不能算少，小轿车的增长速度特别快。据统计，一眨眼几年之间，光进口小轿车就花费了两百个亿，如用这笔款子发展我国的汽车工业，也很有规模了。领导部门已多次下令控制，效果如何，需用实践来检验。

小车自然是不能没有的。用于公，用于商，用于“鳏寡孤独”，用于自远方来的“朋”等等，都应该。但一成风，竞相购买，而且非名牌不可，这已经很过分了。而若站在通衢要道，仔细观察一下车中人，则很容易知道，许多小车并非用于以上诸途。红男绿女，娇艳的祖国花朵，以至冰箱烟酒自行车，都不乏乘小车的，这小车可不是顶棚上装着“Taxi”牌牌的，而是属于公家。此风不但不见少，且有愈演愈烈之势。

以上算是引子，且归入正题。现在一部分有“资格”、也包括若干并无资格乘小车的，派头也越来越大。不但出门离不开车，且需一坐到底。公毕归府，必须开到宿舍门口以至门廊之下，而城市建设的发展，偏又不能和小车的增长同步提高。宿舍若在静谧的小巷深处，就常发生与其他车辆争路的情况，形成堵塞，长时间不能缓解。有些车中人则昂然稳坐，似乎无动于衷。

到雨雪天气，车子飞驰过路，行人躲无处躲，藏无法藏，只好任其溅上一身泥水，但也只有望车兴叹，徒呼倒霉而已。

古代至尊贵之处，如皇宫，如孔庙，往往竖有庄严的石刻或木牌，上书“文武官员到此下马”。众官员到此皆谨遵台命，肃然下马下轿下车，步行而前，丝毫不敢轻忽。

为了交通的畅达，更为了对作为国家主人的人民群众的尊重，在一些车行实在不便之处，似乎也可立个“文武官员到此下车”的牌子。小车见牌即停，乘者下车，赶快请驾驶员回家休息，自己则安步当车，走上一段，可以就便了解一下群众生活，且锻炼身体，免致双腿功能过早消退，一举数得，岂不美哉？

说实行起来不易，却也不尽然。北京繁华之区王府井大街之一段，早已实行了小车免行；身份再高的同志，想进来也得烦劳一下自己的腿脚。区区小巷，又有何难？

原载《今晚报》1988 年 7 月 22 日

也算得一本“书”

办企业、做买卖，毕竟是在竞争中将本求利的事。若是无利，办它何来？较长时间，很讳言竞争，更避免言利，老是用什么体体面面的东西遮盖着，现在都扯掉了。至于社会效益，已在其中，毋庸赘言。

把利搞到手，得讲究章法；盲人瞎马乱鼓捣不行，有些根本的东西必须把握住。旧时富有识见的大老板的起家经验，未尝不可“拿”来参酌一番。

顶要紧的是人事。他们看上眼的是能人，并不重亲人，更讨厌庸人。一旦发现哪个精干，而且可靠，并不太考虑学历、资历，便破格提拔，可以很快从伙计提到协理、经理之类高级职务。对出息不大的亲人，宁可多给大洋，让他去玩，而不使插手业务。外人举荐的事，当然免不了，但一般持审慎态度。有个公子哥儿，民初一大军阀的孙子，把家当挥霍净尽，经人介绍给北京某银行。来头太大，面子不能不给。接受了，每月两块大洋薪水，管饭，但啥工作都不让干，客客气气“养”起来。

这一招很厉害，不大容易学到手。现在有的企业头头，上任时抱负很大，口气不小，但干起来首先在用人上把不稳。或是自己不硬，免不了重用亲信、安排老婆等，威信先自打了折扣。或是尚能洁身自好，但无法抵御外界压力。“上面”或“关系户”推荐人来，都不得不勉为其难，生怕驳了他们面子，说不定什么时候在什么节骨眼上倒霉。人员良莠不齐，难免有掣肘争权现象，能人无法用武，冗员耀武扬威，再好的设想，也容易成为泡影，致使英雄气短，壮士齿寒，不得不忿然离去或将就着过日子。

再就是财务。大老板很重监察、审计。月审、年审，相当严格。他们乐意在节日慷慨解囊，猛送红包，绝容不得“吃里扒外”。谁若犯了东家大忌，会被礼送或干脆驱逐“出境”，现在也有审计、查账制度，但走过场或大事化小、小事化了怕是有的。把“吃里扒外”的严严实实地包起来，或给以下不为例“处分”的也并非个别。且先不要说大老板是怕肥水外流，还是多看大锅饭的弊端才好。

大老板的经验也算一本“书”，作为“方法论”，学学是无妨的。

原载《新华日报》1988 年 7 月 30 日

“四知”说

研究机要事务，交流初恋情愫，都是在严格密封中进行的，降到尽可能低的限度。对此人们一般是能够理解的。另有一类事体，也是严格保密，甚至严重到指天发誓的地步，并相约只能“四知”，就是卑劣的了。

这“四知”是有出典的，《后汉书·杨震传》中载有一个警世的故事：杨震位列公卿，但他为官清正。有个王密当了昌邑县长，去谒见杨震，从怀里掏出十斤黄金来孝敬。杨说：“老朋友了解你，你怎么不了解老朋友呢？”王说：“收下吧收下吧！反正是夜里，没人知道。”杨说：“天知、神知、我知、你知，怎么没人知道？”于是，王密很惭愧地走了。

可见，“四知”说是和“不可告人之秘”连在一起的。杨震是用来对朋友进行规劝，后来被人袭用，称“天知、地知、你知、我知”，就多出在两人合伙干坏事、搞“攻守同盟”上。

二千年过去，这八字仍未失去作用，“文革”时它们曾极一时之盛，那是多用在秘密从事毁人名誉、捞人宝物和害人性命的勾当上，现在挂在嘴边的仍不乏人，但已多与经济问题有关——捞钱。

且举和杨震、王密故事相类似的例子。报载，在“送礼”（行贿）一事上，那是大有讲究的：送礼要看时机，在光天化日之下万万使不得，须在夜里办事方才稳当；送礼还要看对象，有的人对某些“热门货”已经不感到稀罕，于是改为在宴饮时台布下面做文章。手疾眼快，谈笑风生之间，“小红包”就落入对方口袋去了。

欢喜“黄白之物”的人大都很鬼，不断出新招。既要面子，又想多拿。于是对方带“礼”来谒时，便慨然说：“你是谁我是谁？少来这一套。没说的，还是到我家喝二两”，这“二两”岂是好喝的，乖乖地多多奉献吧！

干此类事时，总免不了来个“天知、地知、你知、我知”，其实很难实现。天地无知觉，姑且不论，但你、我则终是两颗心，并非“铁板一块”，谁知什么时候会露出马脚？而说到底，还是群众厉害，向他们长期保密是不可能的。谁清谁浊，何人“好货”，何人“好色”，人们心里都有本大账。因为事情干了，便成了抹不掉的客观存在。只是一时有的头头对此类问题过于宽容，甚至盘根错节之间，自己也曾搅了进去，包着、捂着还唯恐不及，哪有决心去办？但毕竟，这秘密终究保不住的，“东窗事发”只是早晚之间的事。正所谓“不是不报，时候未到”。

原载《新华日报》1988 年 8 月 7 日

刑上大夫

前几年，常说“不搞下不为例”和“不能让以权谋私的人占便宜”，回头看看，搞“下仍为例”的不见得没有；要他把“便宜”吐出来，也难。

现在提倡为政要清廉，同时强化纪检、监察部门的功能。有些地方还“约法三章”，对某些虽属不端但还未触及刑律的行为，提出遏制办法。效果怎样，还要看。

被制止的，有，满不在乎的，不能保证没有；案发了的，有，仍然包着的，不能说必无。只因有的人认为对自己来说，是“理所当然”；有的人则有恃无恐，他背后“有人”，随时可以出台。当然事前也要打好“小九九”，以保“万无一失”。

看来，减少以至杜绝此类事情的发生，老是号召或重申不行。必须有一种使之气夺的“威慑力量”：在进行检查、监察时，执法队紧紧跟上。还是那句老话：在法律面前人人平等。倚权干扰者也应依法论处。切实做到“刑上大夫”、“法及公子”。

人们对现实情况有所不满时，很容易“搬古”。有人说，建国初期，杀了身居地、师级的张子善、刘青山两个贪赃枉法分子，全国人民是何等震惊、振奋？干部们又是何等兢兢业业，互戒互励？当时对贪污犯判处死刑的“杠杠”大体是一万元。现在物价涨了，“杠杠”也相应提高。但不能“宽大无边”。眼下，有些人贪污或攫取的种种不义之财，已不是万元，而是以十万元计。比照老杠杠，扣除物价上涨因素，怕还是有几个头都要杀了。靠教育，靠三令五申，当然有必要；但有时靠法律，靠那种对任何人都不宽容的威慑力量会更有效。

原载《江苏科技报》1988 年 9 月 12 日

漫说管好老婆孩子

为政要清廉，是当前全国上下的热门话题。强调清廉，自然因为有相当程度不清廉的问题在。家丑不怕外扬，才能得到解决。既不能回避，又不能绕开走。严重干扰改革进度的诸种腐败现象中，不清廉是个至关紧要也是至为活跃的因子。不解决不行了。

中央号召清廉，舆论呼吁清廉。各级党政机关都为此制定了必要措施或“约法”若干章。果能不打折扣付诸实施，可望局面向好。有些身居高位的同志也发表了不少个人见解。一位省委书记认为解决不清廉问题目前应主要检查整顿党政领导干部的风纪，“把党员领导干部看住，把各级领导者的子女妻子和身边工作人员管好”。

这些话平白浅显，但确实说到节骨眼上。果然行得通，很可能出现他所预言的好结局：不难带出一个好的党风和社会风气。

看住领导干部，要有具体、富权威性的组织措施。由谁来管？“桌子椅子一般高”不行。怎样确保舆论监督、群众监督产生实效，也得考虑。否则还易流于空谈。

看住和管好领导干部的老婆孩子，至少在现阶段，靠组织来办还是困难的。想管而不敢管，敢管又管不住。这类该看该管的夫人、公子们神通大得很。你抓不住他，弄不倒他。“捉放曹”以及“高高举起，轻轻打下”的“三娘教子”之类的戏，也已经多次演出了。

关键还在于当丈夫和老子的能否以大局为重。如果自己老婆孩子手脚不干净，便该积极去管；自已管不了，便该交给组织：“恕我无能，请依律依法处理。”若是说：“孩子成人了，他的事我不负责”，或：“她干什么我不了解”，便是推诿责任或装糊涂。若是铁腕人物把犯事的抓将牢里去，他依势干预，便应以“包庇”论处。

已经扯远了，且可能颇“不切实际”。但迟早要走这一步的。不然，我们的事业前进一步，就被像这类的若干“一家子”拖一下腿，那可怎么办？

原载《新华日报》1988 年 9 月 17 日

“勾兑”美酒的豪举

和白酒专家沈怡方君聊天，偶然听到“勾兑”两字，感到新鲜，不免追根问底。原来，这是白酒酿造工艺流程里至关重要的工序，学问深奥，足可写一部大书。

专家跟外行讲专业相当吃力，得做一些浅显的比喻、解释。那意思似乎是，酒从出甑、储放到装瓶，要经过多次勾兑，使达到此刻所应有的最佳境界。酒越好，敏感性越强。比如这批一万瓶量的“五粮液”，只要掺上一瓶另一批出的酒，风味就会有变。这个变化，连老资格的“酒鬼”也不可能觉察，只有高明的勾兑师才有这个本事。他也是听说，早年“泸州老窖”有位师傅，一辈子干这个活儿，每批酒可能达到什么“身份”，是特曲还是头曲、二曲，都由他说了算。该怎样勾兑，当然他也最富发言权。最后，嘴唇都“烧”黑了。现在酒厂都有现代化检测手段，能验出各种成分的多少；但还是要靠人的舌头。有个群体；最后还需某人“一锤定音”。

听了还是不甚满足。查一般辞书，没有这两字，只能知道，勾，大体做弯曲、勾画解；兑，则是兑换或通行。倒是从大俗话里得到一些启发，加深了理解。炒菜，“您再勾点芡”；调油漆，“得兑点钛白粉”。这就形成个大俗话的概念：勾兑也者，掺点什么玩意，让它起个什么变化，以求完美点之谓。

勾兑的确是门专业性很强的大学问。但推而广之，在生活各个领域也都可发现类似的情况。老大夫开药方，不管有意无意，总得讲究勾兑学。哪几味为主，哪几味为辅，批几钱几分的分量，都要反复斟酌，务求允当，方才落笔。甘草是被称为“万金油”，即什么都治但又不顶大用的，但在老大夫笔下，也并不随便开。而在治咳嗽上，甘草自有其独特的作用。

大而言之，如何使我们中华民族更为强盛，将所蕴含的能量进一步释放出来，发挥更大的社会和经济效益，造福自己兼及全人类，是当前十几亿炎黄子孙共同关心的大事。这也需要“勾兑”，且需很多人齐心协力来进行。

科学和历史反复证明，一切事物都是“多元”的。何况有几千年复杂历史、由诸多“元素”构成的伟大中华民族。为了达到全民族大团结、大统一、大繁荣的美好境界，人们已经采取了许多“勾兑”措施，“一国两制”则是当前历史阶段涉及几个地区的总体构想。香港、澳门已经在此前提下，酝酿着符合各自情况的基本法。对海峡彼岸，还提出“三通”建议。看来，凡事既是合乎天理、顺乎人情的，尽管会碰到这样那样困难，总是向前发展的。“三通”实际上早已都通了，还不怎么顺畅而已。而且实际上已超出政治、经济范围，在文化等方面有着日益广泛、深刻的接触、联系，以至合作、交融了。这是不可阻挡的大趋势、大潮流。他们都是怀着使命感进行这种特殊的“勾兑”工作的。同一的祖国、热土是产生同一感的基础。他们会干得更好，只要尽量减少人为干扰的话。

这反映十多亿同胞意志的大“勾兑”，比处理“五粮液”、“泸州老窖”当然复杂得多，但其道理则一样：事在人为。勾一勾、兑一兑，尝尝看；再勾勾，再兑兑，经过耐心细致的“微调”，早晚会达到预期的“身份”。尊重历史、尊重现实并尊重自己的人们，是多么想共同举杯，为庆贺这一豪举的圆满成功，品尝醇厚芳香的民族佳酿啊。

尊敬的“勾兑师”们，勉乎哉！

原载《人民日报》1989年1月11日

精于“算”者未必聪明

看了《求是》上那篇写算计人者的文字，觉得真是敲到了点子上，不禁也想说几句。

此类人的特点确是极精于“算”，得力处也在于“算”。他们深得算计人的个中三昧，且极刁，使好人、特别是头脑单纯天真的好人防不胜防，甚至被“算”了还糊里糊涂。他们说不定什么时候从什么角落冲杀出来，挥舞刀斧。他们自然善于窥伺时机，审时度势，时机“算”不准，白辛苦一场，还要落个不是；算得真切，才咬牙发狠，排头几砍将去，其力其勇不下于“黑旋风”。若论人品，则判若云泥了。

姚文元虽不过是个小丑，却也不妨作为典型分析一番。他一心找机会谋个前程。起初不免幼稚些，算得不准，刀法太乱。渐渐便有了长进。1957年夏，他算准气候，写了篇好像是《录以备考》的杂文，准备时机一到便清算人家，一宝押中，从此大红，以此技屡屡建功，终于炼成一把不可一世的“金斧头”，睥睨称雄达二十年之久。当然，若论老谋深算，与那些不动声色的大人物相比，究竟有小巫、大巫之别。

此类人深知要靠算计人发迹，匹马单刀不行，必须有“奥援”、有“后台”。这也得“算”。谁的力大，谁的力小，谁能给自己提供切实的保护与提携，谁的后台又是谁，都得“算”。一经算准，便铁心投靠，并不惜“溜须掇臀”，以博欢心。如姚文元先投靠张春桥，成了哥儿们，双双投靠江青。进而得到更高的赏识，便是明证。

现在既然处于社会主义初级阶段，腐朽意识不可能轻易退走，此类人自然也会长期存在。表现方式或有不同，窥伺时机与溜须掇臀之能则与前者无二。时机不利于行，则闭门韬光养晦，实则并不甘于寂寞，总是扳开门缝去探查，一旦觉得气候相宜，便破门而出大抡刀斧。同时又胁肩谄笑，媚态可掬，以博人悦。此种形象，人们曾在电视屏幕上领略过。殊不知老经验不一定都能行得通，有时确能得意一番，有时却也不免碰钉子，于是只好缩回头去，再伺良机。

正如姚文元辈所津津乐“引”的“机关算尽太聪明，反误了卿卿性命”。聪明过头便成愚蠢；“算”人太甚终至要算到自己头上。此类人之蠢，一在对群众力量、人心向背估计不足，看不到这账迟早要算；二在过于热衷打小报告，小报告是要偷偷摸摸干的，一经捅出来就极不光彩；三在明明是说假话，假话是毫无生命力的，但还是要说下去，正所谓“嗜痂成癖”。什么事大凡成了癖，便“改也难”了。

对此类人的存在及其能量确实不可低估。不能保证现在就没有暗中磨刀霍霍并扳着门缝探查气候的人。他若“算”准时机，必定要抡刀动斧，同道者再加呼应，总难免酿成或大或小的“流血事件”，搞得人心不定，干扰安定团结的大好局面，所以不能不防。根本方法当然就是那篇文章所说的实行党内外民主。这样，才能有一个堂堂正正、透明度极强的清除嗜“算”成癖者的氛围，确保历史惨剧不致重演。

原载《求是》1989 年 2 月 1 日第三期

此文获第二届“金陵文学奖”

贾桂不会老是站着

对于京剧《法门寺》里那个小太监贾桂，人们已经发过不少议论。角度不同，论据则一：大宦官刘瑾断案时，要赏他个座位，他忙不迭逊谢：奴才站惯了，不会坐。结论也一致，贾桂这厮确是个地道的奴才，奴性深入骨髓。

刘瑾是个被“当今万岁”封为“螟蛉义子干殿下，外加九千岁之职”的超级权威人士。他随侍太后到法门寺烧香，忽遇民女喊冤，太后动心，这审理之任自然落在刘瑾身上。在此场合，作为贴身奴仆，这贾桂只能站着伺候。岂止法门寺，任何时候，只要刘瑾在座，他都得站。他就是这个“份儿”，天生该站着。长年累月，自然习惯了。忽然听说要赏个座，惊诧之际，便回这句非常得体、无可更易的话。至于心里，那总是受宠若惊、得意非凡的。

说到底，贾桂之必须站，自觉站，就因为刘瑾比他大；一个天上，一个地下。没说的，老老实实站着吧。

但贾桂不会老是站着。伺候过刘瑾，打道回府，必是另外一番气象。在衙门刘瑾是老大，在这儿自己是老大。就凭是“一人之下，万万人之上”的刘瑾贴身心腹这一条，凡是想跟刘瑾拉近乎的，都得拎着大包小包登贾桂之门，“请为先容”，且必然口口声声“老公公”、“贾爷爷”地恭维着。而此时的贾桂，必然是由众多小太监拥簇着，高踞沙发座上，用东尚书孝敬的电子打火机点上根西侍郎奉献的“健牌”香烟，喷云吐雾，气势非凡，说不定什么时候还击案猛吼：

“呔！你眼睛里还有咱家我吗？！”

在法门寺打官司时，那县令赵廉确因偶犯“官僚主义”，搞了桩“冤假错”案，恰巧撞在刘瑾的枪口上。尽管是个两榜出身的七品命官，也不免如老鼠见猫，股栗肉颤。小小宦官贾桂狐假虎威，趾高气扬，对他连嘲带讽，他纵然万分别扭，也只有忍气吞声地受着，顶多偷偷表露一下阿Q心态，骂声“你是什么东西”而已。

在舞台乃至许多其他场合，人们会看到如下表演：

大官光火，甩袖子骂二官：“哼，混账东西！”二官受了气，对三官如法炮制；三官底下没官了，就朝衙役发泄；衙役呢？大概只能从老百姓身上捞回自己的损失了。

贾桂精得玲珑剔透，他会在生活里找到自己最合适的位置，不可能老是站着。如果他总是站着，那么，他就一定不是贾桂。

对此，您放心。

原载《今晚报》1989 年 4 月 3 日

“自我感觉”探微

跑医院看病，大夫总是先听病人诉说，哪里疼，哪里痒，胃口怎样，何时开始，如此等等。这叫“主诉”，是大夫下诊断的重要依据。光凭切脉、叩胸、看舌苔、听内脏是靠不住的。“主诉”靠自我感觉，他人无法代替。常见病人唠叨不止，力图证明自我感觉不佳。这不奇怪，否则为啥专程赶到这地方来？

现在“自我感觉”四字已经普及开了。搞表演的、“爬格子”的、做买卖的、办公事的，三百六十行，行行有人会这个词，且总是“良好”。

“自我感觉良好”是一种乐观、奋发的心态，反映出定然会获得成功的自信，无疑应予保护、发扬。一个人，一个集体，老是“颓堕萎靡”，精神不振，那可不行。有个良好的自我感觉，心里瓷瓷实实，日子会过得舒畅些，事情也会办得顺当些。

但这“自我感觉”总还是个主观上的东西。是否确实良好，良好到什么程度，还需加意斟酌。自感真正良好，表现也的确不错，也还有个横向比较问题。如果人家更加好些，就不宜把自己估得太高。何况这东西又往往并不那么准确。一个人对健康总是感觉良好，有时说不定会埋藏着什么隐患；对大夫大叫胃疼，怕是长瘤子了，又许是别处有点不宜当，“反射”过来所致。

过于或总是自感良好，并不见得很妙。这容易影响理智和自控能力，难以看到山外青山天外天。一个名家确实身手不凡，多次高列榜首，若是信心大得膨胀起来，认为自己实在是技艺超人，天下无双，赛坛盟主舍我其谁？盲目加轻率，便难免失误，或被人打下马来。

天下事总难尽如己意；本事再大也难保一帆风顺。上帝并不格外垂青于哪个人。归根结蒂，谁都不可能永远保持真正的良好感觉。欺人固然有欠文明，自欺也属不智。聪明的人应自觉把“不佳”部分及时拎出，正确加以处理。

原载《扬子晚报》1989 年 4 月 8 日

一山应能容二虎

我国俗谚："一山不容二虎"。

此话一般是说得通的，因而广泛在民间流传。虎为兽中王，雄踞山林，阔步漫游，攫取弱者为食。正是："卧榻之旁岂容他人鼾睡"，忽然又来一虎，怎能容得？不免扑向前去格斗一番。二虎相争猛者胜。咬死它，撵走它，仍是一虎称霸。

这还只说到一面。如若二虎均身手不凡，大战千余合，不分胜负，怕谁也占不了便宜，累得气喘吁吁，只有同时腾地跳出圈外，各自悻悻然走开。此后碰了头，互相瞪瞪眼，掉头而去，依然各展雄威，你抓你的羊，我攫我的鹿，彼此相安，也就罢了。于是出现一山二虎的局面。这只是想当然；谅必猎虎专家，山下百姓会说得更加真切。

用这自然界现象来比喻社会生活，固然"总是跛足的"，不可能很合适，似也可略见大意。

在政界，那是只能有一个首脑的。尽管可以设许多“长”，总还需有一个为主。旗鼓大体相当，也顶多安排为“常务”或“第一”副“长”。若干“长”同桌议事，当然皆有发言权，表决时“首长”一票；但分量究竟不同，在日常工作里他也拥有更大的权力，常可以个人说了算。政治大事，只能如此，古今中西，概莫能外。这是带规律性的。如果大小事务都七嘴八舌起来，哓哓不休，争持不下，还能办成什么事!

学术上则不应有“一虎”之论。百花齐放，百家争鸣，真理面前，人人平等，属题中应有之义。孰高孰低、孰优孰劣，应由客观检验，群众定评。若想冒尖当权威，合当刻苦努力拿出绝招，赢得社会承认，方是正途。

有一个时期，却并非都如此办理，问题出在学术与政治挂上了钩，且太紧；学风掺上了官气。有谁一旦被安排为科学官、文化官，就俨然权威，身份既是老大，学问上也成了老大。大旗既树，四方来归，其他流派都得甘拜下风，科学如此，文化亦然。苏联李森科以其卓越的农业生物学成就，被任为全苏农业科学院院长，成为旗帜，其他学派立即受到排斥。学术既和政治画了等号，坚持个人观点的自然就成了政治上的反动派。对高尔基虽然已出现这样那样的说法，但他老确是扛过大旗的。

出于政治上的需要在学术上硬树旗帜，只能妨害甚至摧残学术，这是很不幸的。类似的事我国也发生过。“大树特树”的根子其实很深远。"树"的对象并不止于政治家，也并非只由政治家去树其他行当。流风所及，社会上有些人也染上"树"的习气。不是曾经听到过某某界"南某北某"之类的提法吗？此论一兴，就似乎仅此两家方堪称个中楷模。有些年轻人当了真，就一味模仿，丢掉了自己，看不到其他，不免吃亏上当。其实，就这两位大家听了，也会觉得滑稽可笑。天下哪有这种事呢？眼眶子太小了。

所以"双百"也不就那么容易"习惯自然成"的；扒掉"山头"也相当难。原因很多，说不大明白。总之对此都宜保持清醒头脑。旗帜靠他人树终究是树不起来的。别看不起北京的"天桥把式"，人家也是靠苦修苦练起家。还是要大家站在平等地位上各尽所长，谁也不以势树人，更不以势压人，长此以往，繁荣的"双百"局面庶几可望形成。

倒是可以参照艺术、体育界某些做法。唱戏，如果几位身份相当的角儿合作，海报便挂"双头牌"或若干"头牌"；位置不好摆，可以姓氏笔画为序，大轴子戏轮流上。体育比赛如果分数相等，就并列第一，同登冠军宝座，每人脖子上都挂个金牌，毫不含糊。

当然，说"毫不含糊"，也不完全一定。有时裁判"偏向"，打分上做些手脚，便影响名次；有时出于某种需要，一定要如此这般硬性安排，以便使某人独占风流，也是有的。这里也不过说个大意。反正容许并提倡"并列"，山上多几条"虎"，总是有益无害。

原载香港《大公报》1989 年 4 月 9 日

秘书论

秘书一称虽多见于当代政、企两界，其实由来已久。秦汉以降，就有秘书省等官署之设，有秘书监、秘书令、秘书郎等官职。明清则设翰林院。历代建制，名称虽有调整，职司则大抵都是为皇帝管理奏章函牍、图书典籍，并负责承宣旨意等，带有机要性。秘书"秘书"，或者就是秘而书之的意思吧？

这是个"清要"的位置，很高贵，受人尊重，原因大概就由于常在皇上身边伺候，且前程无可限量。比如在清代，一个人考中了进士，多以能进翰林院为荣，若能点中了翰林，其身份就大大提高。外放到地方当县官，虽然可能捞到权势与金钱，究竟不如翰林光彩，而将来以翰林身份放外任，那地位常会比其他"同年"高得多的。

各级主管官也有专用秘书人员。清代衙门里通常所说的"师爷”就是，由公家设置或私人礼聘，一部分分掌各职能机构，少数则在身边参与机要、出谋划策。民国时，县级以上机关一般都设秘书室，主管人为秘书主任；大机关则有秘书长。1949 年以后，秘书室改办公室，省、部级以上为办公厅。职掌仍不外机要、文字、研究、联络诸事。是领导干部的助理。

首长另设贴身秘书，也是中外皆有。因为身边总还有事情要办，和厅、室秘书人员的活儿不大一样。他级别不一定很高，地位则特别重要，所以遴选时需格外慎重。政治上牢靠自不必说，还要注重才能，特别是笔下功夫。有的首长不习惯亲自动手，必须有人代其草拟讲稿、函牍及其他文字。把意图交代一下，秘书便应在指定时间内完成一篇顺顺当当、可供其在会议上宣讲两三小时的文字，还得保证不出笑话，如导致在宣讲时语气不顺或念出错别字之类。所以这个秘书很不容易当；若很称职，便有可能获得“大笔杆子”或“才子”的美誉。至于说是某领导的“私人秘书”，则欠确切，有意抬高身价而已。都是公家为之配备的。至于公事之余，顺带给领导办点私活，也是人情之常，在所难免。

有些秘书由于出色的工作成绩和优秀表现，能与首长结成不可或离的合作伙伴。通情达理的首长也不会老让人家屈居秘书之位，到一定时候，就要加以提拔，办公室主任、秘书长，甚至可能成为自己的接班人。他随首长日久，见过大世面，谙熟为政之道，兼之已建立不少纵向与横向的重要关系，轻车熟路，自有其为他人所不能及的优势。所以一些大秘书担任要职，也属顺理成章，不为怪事。

秘书，特别是在首长身边的，地位既重要，处境也“微妙”，很需加意检点，自尊自重。在不少人眼中，他们不啻是领导化身，一言一行往往代表首长的意向与观点。喜欢走“首长路线”的，常须以之为桥梁，摸清首长心态与情绪。他可以帮首长的“正忙”，也完全有帮“倒忙”的能量。如打着首长旗号搞不光彩的事情之类。前些时有人提出，做到为政清廉，应先管好领导干部，管好其身边人员和老婆孩子。其中当然包括“私人秘书”在内。

“文革”中毛泽东似乎有一段未进语录、未排黑体字的讲话，意思是他很不赞成用自己的老婆当自己的办公室主任。这无疑是正确的。某大员主持某方面工作即专设“某办”，已带封建性，而由大员夫人当主任，更属不妥，实应不予赞成。但老人家一个悲剧就在于，自己说过的某些正确的话，却不能模范地实行之。他就用江青当“文革”领导小组的头头，应是最有实权、地位最高的“私人秘书”了。

据报载，一首长到工厂参观，其秘书用首长家属和机关工作人员名义，要厂长以优惠价提供二十份产品。厂长感到为难。倒是陪同前来的当地父母官还有些胆识，寻机向首长问了一下，回说他并不知道。此事也就罢了。文稿的题目叫《就是要问个明白》。

虽属小事一桩，却也能说明点问题。不妨补充两句：重要的还是首长将自己把稳，言教身教，提高身边人的自觉性。如果自已心动手痒，“私人秘书”又极精灵，颇善观气色，不待吩咐；就已干净利落把事办妥，付与夫人收讫，那么真要向他问个明白，他岂肯说“明白话”？恐怕只有“我不知道”四字了。

连他自已都不知道，还有什么人能够知道呢？

原载香港《大公报》1989 年 6 月 5 日

从“份儿”扯到“本分”

按“老弱妇孺”应受照顾的原则，我似乎也达到享受这种优惠的“份儿”了。譬如乘公共汽车，年轻的就该把座让给我，至少挤上一挤，给我一席之地。但我还从来没有获得过这样的幸运。想来，这总是由于我还算腰杆笔直，神采奕奕，颇能给人以彪形大汉的印象，人家就觉得无须予以考虑了。

至于我自己，如见到空位，是会争取坐下来的。这不仅由于自感已达到这个“份儿”，且实在是外强中干，很经不起挤压。但也有个原则，如身边有孩子的、挺大肚子的和比我更老的，我绝不“争先”；如已坐下来，也必然让座。说实话，并非自我宣扬有多少“雷锋精神”，实在是因为不这样心里就不舒服。

那次逢一病号上车，踉踉跄跄挨到了我跟前，我连忙站起身来。不想这一个下意识的动作竟赢得一句堪称感激涕零的赞叹：

“还是南京人风格高，学雷锋学得好！”

若是由于他人的行为而获此称誉，听听也就罢了。人家是通过我这不值一提的动作表扬了南京人，且分量是如此之重！我就担当不起了。

总的说来，南京人的风格确实不低，且出现过许多非凡的舍己为人的义举，直到牺牲自己的生命。由于凡事都难达到一律，不尽如人意的事儿也颇为不少；一度出现“雷锋叔叔哪里去了”的慨叹，也不足为异。其实，从广泛的意义上说，窃以为发扬高尚风格，并非刻意地去从事一些“超人”的举措，那样，有可能流于形式以至虚假，归根结底在于人人都应尽到本分。拾金不昧是公民的本分；大公无私是共产党员的本分；为人民服务是国家公务人员的本分；给年轻一代做出好榜样是老年人的本分。尽本分不表扬也可，办不好则应受批评。由于多种原因，衡量人们社会行为的质量标准下降，及格的分数线随之贬低，褒扬有时也就难免失去分寸。

尽到本分本应是不难的事。能否树立优良风气，关键仍在“上面”。有了带头人的带头，下面就比较好办。“躬自省而薄责于人”，也是各级领导者应有的本分。做出好样子，远比向下面提要求效果好。即便“责”人，腰杆子也硬了。

原载江苏《老年周报》1990 年 6 月 9 日

“登临”不忘“一把火”

唐代大诗人孟浩然《与诸子登岘山》的五绝是这样写的：“人事有代谢，往来成古今。江山留胜迹，我辈复登临。”

很含蓄，却又明白浅显，给人留下的想象空间则很大。今天借来用在凭吊圆明园遗址时的感怀上，颇为切题。

圆明园是康熙皇帝在1709年着手建造的，经过百十年的经营，规模大具。它实际上是沿着北京西郊福海所建“圆明”、“长春”、“万春”三园的总称。有各色名胜四十景，包括若干“西洋景”，有建筑一百四十余所。规模之宏伟、景色之精美、设施之豪华，难以想象。但可以通过比较得其大略：它比闻名遐迩的颐和园还要神气得多。

如此硕硕名园，如今只能看到若干断壁残垣。尽管福海清清，可以垂钓，可以泛舟，人们并千方百计力求恢复，但眼下还只能是个设想。

它毁于1860年咸丰年间。英法联军攻入北京，肆行掳掠，将圆明园珍宝洗劫一空，一把火烧个干净。早年的“世界列强”对中国的认识似乎有个过程，他们不知道中国的具体状况，以致“大英帝国”不可一世的炮舰政策只能推行到东南亚，而不敢染指中国。直到清朝中叶，在他们眼里，中国还是很神秘的。英王想和中国做买卖，试探着派人带了封信，要求给个地方存货物、住洋商，乾隆皇帝御笔一挥：“天朝物产丰富，无所不有，原不藉外夷货物，以通有无。”给个大钉子碰碰，他们毫无办法。那时中国朝野，对“洋人”是蔑视的。

乾隆以后，朝政渐趋腐败，国家外强中干。洋人先是经济侵略，继而用武。1840年的鸦片战争也只算个试探，摸到了底，其后英法联军入侵，中国的大门被攻破了，接着便是一系列的国耻，直到二十世纪三四十年代。

“西方列强”经济发展较快，文化发展也较高。英国拥有伟大的莎士比亚，法国出过不朽的罗丹，他们的白金汉宫和卢浮宫几经战乱也保护得很好。但侵略他国时则极残酷，达到灭绝人性的地步。“二战”期间，戴着白手套的法西斯杀起人来，手段之精更加令人难以思议。看来问题主要还不在“文化”高低，而因为他们是帝国主义，有着希特勒之流的人物。

新中国的建立结束了一百多年屈辱的历史。而今，又自动敞开大门，欢迎外国来进行友好的合作。当然，圆明园毁灭的惨痛教训是永远不会忘记的。自重而后人敬之，自强而后人尊之。这是为无数事实所证明了的。圆明园之事，令国人心酸、心痛。能修复固然好；一时办不到，留着那断垣残壁，让人“登临”，在发思古之幽情之余，也鼓一鼓民族之气，未尝不是好事。

原载《扬子晚报》1990年10月16日

从“驯琴”扯出的闲话

我们这个京剧沙龙虽然成员多高龄，且是“一窝子”老生，按理说琴师备一把京胡也就够了，对不同唱家时把弦的松紧调整一下就是，方便得很。但王维钧君的琴包里却装有四把京胡，还有琴弦、码子、乐谱、松香等一应零备件，比专业琴师的装备还要富余。他说，又是西皮、二黄，又是正的、反的，你们各位调门、音色又不一样，我要因人因戏用琴。票房清唱是一个个轮着上，王君就不住换琴，反复拧轴子调弦，吹定音器校对，务必调试准确，方才开拉。他很用功、用心，大家在一起玩了十多年，脾气、特点都摸透了，形成默契，不须交代，拉起来就唱。

不久前，有人发现他包里又多了一把琴，便随口问：添新家伙啦？他说哪里是我的，一个朋友花四百块钱买来，不常用，嗤呀嗤呀难听得很。这把家伙质量不错，我替他用了几个月，现在拉软六调二黄，蛮好听的，再过几个月就整个能用了。于是有位仁兄说：你这是“驯琴”啦。他很得意，说：不错不错，新琴就是要驯。维钧很容易得意，当然需鼓励到点子上。琴拉到精彩处，给他喊声“好”，他总会立即莞尔一乐。任何人受到鼓励都会很快活，但不一定都“形于色”，维钧外向，心里得意总禁不住表露在脸上，且很强烈。

他对新琴的说法和做法，即那位同仁张嘴就得的“驯”，是不错的。驯，或叫训，就是调教、引导、安置、摸索、理顺的全过程。顽童经训教才能开蒙，烈马须驯服方可驾驭。时下有个常用的词语曰：磨合，倒是很切这个意思。人和琴间有个磨合过程，琴本身的弓、弦、轴、筒间也有个磨合过程。套句古成语，可称：欲器尽其用，必先善其事。新琴拿来就拉，必是嗤呀嗤呀叫得让人难受，经过一个时期的磨合，琴的潜能发挥出来，由生变熟，乐师也用得手顺，自能奏出美妙乐章。

磨合二字我最多见诸关于球队的报道。俱乐部和教练、教练和球员、球员彼此之间，都有个磨合问题。解决得好，弱队可以变强队。否则，即使教练名气再大，拥有的明星再多，也是不管用。看来天下事概莫能外。

原载香港《大公报》1990年11月11日

考虑“小吃水平”

假如两店并列，一家挂着“小吃店”的布招，一家门楣上写着金色的“餐厅”字样，就会不难发现，往往前者座无虚席，后者较为冷清。

这一现象多少说明了一个问题：就总体说来，我国人民还处于“小吃水平”的阶段。

小吃水平，就是想解馋或因某种原因需在外就餐，但又要考虑实惠，寻觅的多是锅贴、馄饨、小煮面、凉粉、糖藕、鸭血汤。且是偶一为之，难得经常享此口福。

不信的话，可以来个“抽样调查”。一年中进次把餐厅的人家所占百分比怕是极少，几十元的数字毕竟是很吓人的，花几元钱到小吃店嚼上几顿的也并不太多，不如自己做划算。

就多数人家来说，目前还是算着吃的，早上有几根油条，中晚弄点小荤，就很不错了。这笔账并不难算。一斤瘦肉，市场上卖四元，相当于一般人月收入的三四十分之一，或一家总收入的百分之一。

大餐厅、小餐厅确实不少。它们之所以能维持下来，一则自有其经营之道，二则有特定的顾客。这批顾客的构成，毋庸多论，总之大部分都不是用自己的工资来支付餐费。餐厅及其顾客的存在，也自有其合理性，无可厚非。

想说的是，如果这个分析还说得过去，那么办任何事，怕都不应离开总体上还处于“小吃水平”这一基本点，说白了：人民还不很富裕。

年终结算，全国的银行里确实有着几千个亿的存款，商店也确实卖掉了以千亿元计的货物。这是令人振奋的。但还有个巨大的数字：十一亿人口。摊到每人每户，就很有限。加上收入不均的因素，不少人家的积累和所能支付的数字更少。而越是此种人家，过日子越是要掰着指头算。诚然，他们也可能有了几大件，这却是辛辛苦苦经之营之，甚至用毕生的努力得到的。

对这个现状，办事情时万不能不予考虑。

比如“大厦”（并非指“民用”的高层住宅楼），这自然是要建的，但总还是有个度，有个酌量。方圆一箭之遥，竟然几个宾馆、饭店的“大厦”拔地而起，可谓壮观。

但一般平民百姓与之无缘，倒不如增加一些住宅和配套设施的建设来得实惠。国家继续控制楼堂馆所的建设，强调这方面不能松动，是符合国情的。

把“大厦”的多少当成一个地方或单位繁荣程度的标志，比数量，比层次，似乎“大厦”越高、越多越体面，越显得工作出色，这至少不全面。

每个地区、每个单位都应参加比的行列，但首先要比究竟给人民办了多少实事，比在把“小吃水平”推向“小康水平”中做出了多少贡献。

原载《南京日报》1991年1月11日

坚持大众化方向

近十几年来，很时兴宣传“百年老店”。老店头上冠以“百年”二字，足见其历史悠久、经营得法、卓有信誉。

另一个层次的某些店似乎也不容忽视，即“四十年老店”。人到四十，号称“不惑”；店到四十，也该成熟了，坚持下来大不易；受到信任更不易。

南京在建国初办起的店是很多的。大者有“新街口百货商店”等，全国知名，散布在居民区旮旮旯旯的小店，更是难以胜计。它们与群众生活紧密相连，互为依托，为方便群众生活立下了不朽功勋。这里且举一个很不起眼、却拥有大量顾客的店：碑亭巷53号。

举地址而不举字号，是因为其字号太隐蔽，直至最近才发现它的大名写在玻璃窗上，叫“立新甜食店”。营业时双扉大开，名字便隐去了。

如果记得不错的话，此店前身在碑亭巷中段一间窄窄的门面房里。水牌上开列着包括冰糖莲子在内的几十个品种，实际当家的只是酒酿、元宵、赤豆汤之类的大路货。大概在1955年以后，便搬到了现在的地址。前店后厨，门面大了一倍。经营品种也作了调整，在赤豆、元宵、酒酿各种杂交品种中间，突出了大众化的四色汤圆。四十年下来，经营者换了几茬人，但人变货不变，始终坚持着大众化的方向，给“小吃水平”的工人、干部、老人、学生保留了一个小憩和换换口味的所在。

这精神实在应予提倡，这爿店、这类店和他们的上级在这一点上则应受到表彰。碑亭巷53号的地理位置很不错，在巷子南口，邻近人民大会堂和大行宫闹市区。他们如果像某些同行那样，装潢一番，改弦更张，开个西餐店、小酒吧，只要有善于经营者去奔走操持，图点高收入并不太难，顾客可能比现在少些，但故人去后新人来，至少能混个“三天不开张，开张吃三天”。他们没有。他们是老老实实干工作，为大多数人民服务。

更可喜的是质量有保证，价格也合理。四色汤圆五角一客，赤豆酒酿两角六分，远抵不上大餐厅收费的一个尾数。大，自然大在餐厅有高质量的货色。但也有这样的情况：同样的冷饮，某些大餐厅要收取高若干倍的费用，这些顾客掏钱买的是“谱儿”、“气派”；这大餐厅图的则是“座位钱”和高利。

碑亭巷53号的店招难得看见，但顾客川流不息，这无声的招牌比金光闪闪的大匾还要宝贵。“桃李不言，下自成蹊”。他们是用平凡实在的劳动，赢得顾客的信任。四十年来，始终如一，其间自有宝贵经验在。

原载《南京日报》1991年2月25日

称量身份的砝码

若干年前，曾从某位幽默大师嘴里听到过几个孩子间这样的对话：

“我爸爸是科长，官大。”一个孩子说。

“我爸爸是局长，更大。”第二个说。

“我爸爸是组长，比你俩爸爸都大。”又一个插上来。

不论说得通与不通，这几个孩子是在借用爸爸的身份比自己的身份。爸爸官越大，自己越光彩。水涨船高。

这不仅反映孩子的观点。那时，不少人在衡量身份价值时，习惯采用“官本位”。

不久前，听到两个孩子在窗外比份儿：

“我爸爸是总经理，有钱。”

“我爸爸当主任，专管你爸爸。”

看起来，身份价值观里金钱的比例还不小。而官本位掺和上金本位，更容易使一些人自我感觉特别良好，另一些人对之则格外垂青。

孩子们不懂事；成人的头脑也未必时刻都那么清楚。这种观念的形成有着多种原因。一则电视广告如是说：本酒店设施豪华，服务优良，堪称有身份的人最佳休憩所在。

“有身份的人”五字出现在这里，耐人寻味。

这家大酒店如此华美，房间大概便宜不了。按出差报销规定，不仅科、处、厅级干部住不起，恐怕省、部级的负责人也不可能进去。

那么此类酒店、宾馆面向何人呢？外宾、外商、海外侨胞当然要接待，且不论。就国内说，怕大约是富裕的企业家、专业户、个体户、优厚遗产的拥有者了。

只能这样分析。如果大体不错的话，在这家酒店经营者的头脑里，这些光顾者便是有身份的人。而无条件涉足其间的人们，怕都与“有身份”无缘。

钱位衣帽取人的观念在蔓延着。

当今，这“身份”二字应有的内涵尚未清晰地呈现出来。但既有人提起，就有必要推敲一番。《辞海》上有解释，“指一个人的出身、地位和资格”，看来这仍是沿袭传统的提法。解释中引了《颜氏家训》：“吾自南及北，未尝一言与时人论身份也。”他从不与人谈及彼此身份高低问题。他不指望身份高吃饭。

现在这个词语不好提，是因为按世俗的以钱位论身份，早已不合时宜。也不可能简单地以出身、地位、资格论身份的高低。给“身份”正名，需要全社会的努力。至少，为社会所做贡献的多少应成为衡量身份的一个重要砝码。现在的情况则是，在有些人眼里，钱多位尊皆属“有身份”之列；而有重大贡献的人则常未被视为“有身份”。这种偏见，应该扭转。

原载《科技日报》1991 年 7 月 7 日

寄希望于世间“三宝殿”者

三宝者，按规范化解释，佛、法、僧也；殿者，庙堂也。三宝殿者，佛法僧所居之处，亦即善男信女顶礼膜拜之所在也。

旧时登三宝殿，固不乏“随喜”即游览观光者，但大多数是专程来此，有事相求。求福求禄求寿，问疾病问嫁娶问吉凶。不仅问，而且求其恩施法力以成所愿。求神求佛光磕头不成敬意，除高烧香烛外，还要掏腰包以结善缘，以示诚意。

三宝应酬太多，照顾面太广，所以有求才去，无求便不前往打扰。这样虽有不够尊敬之嫌，正因往求者甚多，佛并不认为怠慢了自己，正好落得个清闲。无事前往“随喜”，也未免讨嫌。所以，“无事不登三宝殿”是合理的，无论从哪方面讲，都是说得通的。

把这词用到现实生活上来，情况便比较复杂一些。

有些事情，眼看神佛帮不上忙，就只有去求有可能鼎力相助的人。所求之事也有很大差距。有些是非分之想，如谋个好职，求个大奖，弄笔“外快”，讨个优惠价之类。有些则是合理要求，具有完备的手续，于法于理本应得到解决，但按正常途径去办却多有挂碍，甚至沿途有着诸多难以逾越的关卡。大门行不通，必须走边门、后门，这就需要有人指路、带路，甚至开路了。

事情十万火急，不可有片刻耽搁，哪个可以借重？情急之中，遍翻通讯册、名片卡甚至同学、同乡录，以求最佳人选。果然，有了。老同事某甲恰与“前方”有关，找他去，就这个主意！但回头一想，不行。自己与某甲虽然当年同室办公、同桌用饭，且无话不谈，但多年未曾交往，且他此时又正十分得意，平日不烧香，临急抱佛脚，此事大难。即使人家愿意接待，但见面就有事相求，着实难于启齿。而现时风尚，空着手去，未免有失礼貌，总要略事打点。带啥东西，也颇费斟酌。贵重的，掏不出来，也显得外气；太轻了，不成体统，又未免小气。若是属于“人托人”的情况，就更加伤脑筋了。

于是不免后悔，平时也太懒惰了。老朋友、老同事处为何不得空走走，维系一下感情呢？若然，岂不是在谈笑风生之间，轻轻松松就把事办了？在他来说，小事一桩；于己来说，问题顺利解决，岂不美哉？

然而再思，此法又不现实。无缘无故，往人家里跑干啥？大家都公务忙碌，晚上、假日也难得清闲，无事突然造访，人家得泡茶进烟招待，弄上几句多年不见您可好？天气不错哈哈哈，有何意味？

事情也许结结巴巴办了，但总还是期望全社会共同努力，创造一个人人都无奢求，有事都能按章办理的大环境、大气候，人人为我，我为人人，与人方便，与己方便，再无须为求人送礼之事呕心沥血伤脑筋。而三宝殿主们都能坦诚宣告：

“清平世界，朗朗乾坤，大好风光，春色宜人，欢迎各位‘随喜’，本人竭诚欢迎。有难尽管提出，邪想免开尊口！”

原载《南方周末》1992 年 4 月 9 日

说“始作俑者”

“万事开头难。”人们常这样说。

想来，这是办好事、大事、新鲜事时容易产生的感慨。动作很大，情况复杂，缺乏经验，又有阻力，不知从何处下手，做下去难免碰些钉子。打开局面，着实不易。

若是干坏事，损及众人利益的事，就不大有这个问题，特别是打着堂而皇之的旗号去做就更加容易。因为随意性很大，而且可不负啥责任。一句话“带坏头”并不难。

且举个生活上的例子。一个人去倒垃圾，嫌垃圾箱不卫生，便远远随手一撩，垃圾落在箱外。第二个来了，并非有意学坏，只因箱前垃圾遍地，不好落脚，就在“外线”顺手一撩，弄得更加狼藉。

垃圾箱未起作用，这一带却成了垃圾场。

这头一个，按古话叫“始作俑者”。俑，是木头人或陶人，是用来给君主王侯殉葬的。某人在这上面开了头，别人不好不跟着如法办理。这种事很讨嫌，连孔夫子都反对，特别对那个发明家憎恨不已，说：“始作俑者，其无后乎！”让他断子绝孙。

把头一个在箱外倒垃圾的比成“始作俑者”，自然太过分，尽管他起了这种作用。若是在重大的社会生活中充当“始作俑者”的角色，以致造成极广泛的恶劣影响，大概就可以给他带上这顶帽子了。明明不能做，不准做，为啥偏要做?

常常想，三十年前那场波及全国的浮夸风是怎样刮起来的。自然，原因是多方面的。但总有一个“始作俑”。因为吹的浪潮很快蔓延开来，就把这头一个淹没了，加以跟上来的又偏偏想争这头名进士，捞状元及第之荣，所以那头一个就很难找，而事情闹得很大，似乎也无须再去追究个人责任，事后便也并不去找。其实，这头一个是很应该找出来，总结一番的。影响太坏，后果太糟。他一吹，捞到好处，便有人跟着吹，且吹得更大更响，终至闹到不吹也不被允许的地步。说是“始作俑者”，不亏他。

三十年前的问题已从整体上总结了。其后就没有说大话、吹大牛的了吗？未必。有的搞经济的单位，往往只报表面产值，不报实际效益，可能是习惯如此，但也不排除有意为之的可能，甚至有不可告人之密，用光荣的表象掩盖丑陋的弊病之类。

比如带头造假货的，以权谋私的，贪赃枉法的，等等，必定都有头一个“始作俑者”。

问题若到了积重难返地步，一个原因就是未能“见微知著”，逮住第一个。邪风乍起，也未必无可能纠正，查出“始作俑者”予以曝光并按律行事，依法办理，看来是必要的。成了风，便止也难。好头，坏头都宜早抓。

这当然要靠各级领导思想的清醒与坚决。

原载《杂文报》1992 年 9 月 4 日

贾雨村的“临门一脚”

《红楼梦》里那个也姓贾的雨村先生，所占篇幅很有限，不过在一些不甚紧要之处略略带过几句，看似闲笔，分量却着实不轻。

此人极会做官，不过几年时间，便由布衣变为应天府尹——京都市长，升迁之快，实在少有。这当然需要具有若干不可或缺的素质，其中之一，似乎是在命运攸关时刻，能沉得住气，下得了硬茬子，能攻善守，脚法纯熟，尤精于“临门一脚”。

初膺应天府任，就遇上薛蟠为争买丫头打人致死一案。此时还缺宦场经验，原想认真一办，幸被一门子点拨，得到了一部“护官符”；晓得了贾、史、王、薛四豪门的厉害及其相互间密切关系，便立即转舵，把薛蟠保下来，给四豪门卖了个大大的人情。这门子原是贾雨村贫贱赋闲时的旧相识，雨村深恐他把自己当年的寒酸相抖搂出来。“到底寻了他一个不是，远远的充发了才罢。”——盯死对方，抓住失误，狠狠一脚，把球开到爪哇国去了。

后来，荣国府长房贾赦看中了石呆子的古扇，强买不得，要雨村帮忙。雨村略略用点权力，就把石呆子搞得家破人亡，古扇稳稳落在贾大老爷手中——一个机会球来到脚边，不慌不忙，脚尖轻轻一拨，那球便落入网底。

宁、荣二府被抄家，多由于贾赦、贾珍、贾琏夫妇等作恶太多，闹得个天翻地覆，一时成了京城特大新闻，难免有许多街谈巷议。有人便想不通，说贾府那么大势力，有那么多阔朋友，比如说府尹贾雨村大人就是他们一家儿，难道就不护庇一下吗？便有知情人道："别人犹可，独是那个贾大人更了不得，我常见他在两府来往，前儿御史参了，主子还叫府尹查明实迹再办，你说他怎么样？他本沾过两府的好处，怕人说他回护一家儿，他倒狠狠的踢了一脚，所以两府里才到底抄了。"

这人的话实在精辟，恰如其分道出了贾雨村的看家本领：关键时刻"狠狠的踢了一脚"。——典型的"临门一脚"，极是厉害，球进得极是漂亮。既与两府划清了界线，又为自己今后的升迁创造了条件。

纵观他的脚头功夫，学问实在很大。一是善审时度势，二是能把握时机，三是头脑清醒，四是出脚凶狠。合起来，便是那门子给他概括的"明决"二字。精明而又决断，符合洋教练施拉普纳氏对我国足球"国脚"的要求，在机会面前做"冷面杀手"。

从历次的实战看，我们的“国脚”素质并不太差，取胜的机会不能算少，往往功亏一篑，一个重要原因是脚头还不够硬，“临门一脚”尤不得力。可以研究、借鉴一下贾雨村氏的经验。至于这位“雨村”的人品是好是歹，尽可以放在一边不管。

原载《今晚报》1993年1月31日

大多数消费者面对高级商场、星级宾馆——还只能“看一看，瞧一瞧”

每逢节假日，高级商场里常会出现人如潮涌的景象。仔细观察，也常会发现空手而出的很不在少数。他们来此只是“看一看，瞧一瞧”，“比一比，想一想”，不大容易即下决心，不像有些人只要货色看中，出手千儿八百，面不改色。

国民经济的急遽发展，使得人们经济收入情况变得异常复杂，大不似过去只凭工资级别或年成丰歉就可约略分个清楚，单就同一级别的干部、同一村落的农民而论，其综合经济收入就可以有天壤之别。

但就目前可以窥见的消费状况而论，仍可大体划分一下：“大亨”型，拥资以百万计，通称“亿万富豪”；“大康”型，家资以十万计，通称“百万富翁”；“温饱”型，月入两三百元之谱，过一般化的日子而略有节余；“维持”型，所得仅敷衣食；“贫困”型，即还得伸手向公家要救济的那部分人。

能挣多少才能花多少，这是个极明确也极无情的至理。能自费进出星级宾馆吃法兰西蜗牛的，只能是富裕者；温饱型的想解馋，只能在小铺里来碗兰州牛肉拉面，或偶尔花上三二十元要两个菜改善一下；贫困者则掰着手指头盘算，今天买什么蔬菜最上算。

就今天而言，先富起来（或家道殷实但过去藏而未露）的眼下毕竟是少数，穷得揭不开锅的也在逐年减少。温饱型的经济状况不算稳定。其中佼佼者有可能进入富裕行列，无能力的则容易变为困难户，因为他们经不起风浪冲击。

很多人家里也会摆上皮沙发、大彩电，一副“小康”模样，但布置显然并不配套。他们是经历多年“原始积累”，才一件一件购置起来。实现家庭现代化，步履维艰，深感拮据。

似乎有一种看法：中国人口袋有钱了，都在“持币待购”。根据是：全国银行存款余额已然有几千个亿，加上手中现金，一万来个亿了，人均千元以上啦。结论是：大家都承受一点，减轻一下公家负担吧。

这个总数字是振奋人心的，大家承受一点自然也是应该的。但用人均数字考虑承受能力则是不妥的。众人收入悬殊极大；而即使人均确有千数来元，又所值几何？

若是各方面一齐上，东一点，西一点，你一点，我一点，都让人们普遍承受一点，就不是个小数。工资在提高，仍属低层次，农民在受益，仍处低水平。这个刚刚“温饱”的群体需要保护，他们是国家经济建设的主力军、顶梁柱，要指导他们如何增加收入，而不是让他们多承受一点。压得重了，会伤筋动骨。

或者说，市面上不是很繁荣吗？当然。人们要过日子，还想过得好一点吗，便要揣着手里的钱跑商店。我们的优势之一又是人多。只要有百分之一的人家比较富裕，加上部分“温饱”型的“偶一为之”就足以使高级商场门庭若市。

现在，对消费的“高贵”、“高雅”、“高品位”和“大亨”、“大款”、“大哥大”生活说得太多。这容易使人产生错觉，似乎大家都穿起“老虎牌”夹克、系起“银得利”领带、啃起“美利坚”炸鸡、跨起“大本田”摩托依然指日可待。这不符实际，也有欠公允，对此，他们还只能看一看，瞧一瞧。

原载《发展导报》1993年2月19日

“阔”了脸不变

“一阔脸就变”，鲁迅曾做如是论。

在鲁迅生活的时代，所谓“阔”还不只是简单地指拥有巨资、生活奢侈，也包括做高官在内。

一旦阔起来，身份不同了，心态便难免发生变化。心有所变又难免形之于颜面。或义然而有德色；或凛然做不可亲近状；或双目炯炯，却又冷冷然、漠漠然，见了故人，连握手都怕沾上细菌了。

鲁迅本来就鄙视见风使舵、顺竿儿向上爬的人，再加上变了脸，就更加不屑与之为伍，便给予讽刺、鞭挞。

类似鲁迅抒发的那种感情，在一些人中间至今不难听到如下的表述：当年我和某某是烟酒不分家的哥们儿，他倒霉的时候，我很帮过他不少忙；如今当官了，我是从不上门的。干什么呀！

这话的内涵很丰富，也很复杂。或避“高攀”之嫌，或示清高之意，更有着怕“一阔脸就变”、见面时遭受“天气不错哈哈哈”不咸不淡待遇的担心。没有什么必要，何必去讨没趣？索性不来往，省心。

有人便以客观态度加以分析：也未必当了官就看不起故人，应该体谅人家的处境。到达一定职位上，难免百务缠身，甚至日理万机。上午批阅文件，中午应邀剪彩，下午大会报告，晚间接待外宾，日程安排得满满的，忙死了，哪里还顾得上和亲朋故旧像往日那样拍肩嬉笑、促膝谈心呢？贸贸然说“一阔脸就变”，难免冤枉人。

此话自是公允。事实上，不少人地位变了，心里仍然装着群众，念着旧友；但工作的性质也不可能不改变他们与故人接触的方式。而一旦升迁脸色立变的也未始没有。当上个科长、处长、经理，便气焰增高，洋洋乎有贵人之态，渐至不称其官衔便怫然不悦。此态之萌生或可做如下解释：得到高位不免回肠荡气，气聚丹田，沿经络上行，至肩则肩耸起，至面则出现一团浩然，至大脑又蒸出腾腾热浪，直冲“百会”，往复激荡，便易滋生“余何人也？”的优越而豪迈之感，不由得颐指气使起来，以现身份。

这当然是根基不厚、文化素质不高的表现。修养好的人不可能这样。

不因贫而折腰、不因阔而变脸，是一种好的气质，还是应该追求的，既尊重自我，又尊重他人，在人际关系的天平上找到自己最合适的砝码，大有必要。特别在当前这大发展时代，干部更迭快，发财机会多，置身高贵之境，把自己与群众的关系摆妥摆正，工作和事业必将更为兴旺发达。

原载《科技日报》1993年6月27日

“戒欺”大匾

我们有些同志很喜欢也极善于对拔尖事物做提纲挈领式的概括。如论当代散文大家，曾有北杨（朔）南秦（牧）之说；议建筑宗师，有北梁（思成）南杨（廷宝）之论。提起国药店，则有北药南胡之誉。北药，是北京的药家老店同仁堂；南胡，指杭州的胡庆余堂。

此类提炼，虽难免生挂一漏万之弊，但总算八九不离十，这一北一南是同一行当中的佼佼者，具有代表性的人或事，看了可以有个大数，收举一反三之效。

这是闲话。且就“南胡”的一个侧面发表点议论。

杭州胡庆余堂历尽沧桑，终于保持住权威“老”字号的地位，且办成我国第一座中药博物馆。从电视专题报道中可以知道，这家老药店的厅中、廊下悬有许多大匾，大抵是歌其功颂其德的，不外“济世救人”、“药到病除”之类吧，可以认为是“对外”的宣传品。独有一张大匾是“对内”的：“戒欺”。

“欺”当然不是个好字眼。它有二义，一为欺压，即以暴力令人服帖；二是欺骗，即用心计使人上当。两者有内在联系，表现则迥然不同。此处所戒，当是后者。

胡家老店当年制定这条箴规的老本家头脑清醒。他抓住了经营管理上一个关键环节，是具有远见卓识的大手笔。

他必定不是蝇营狗苟、只图眼前微利的庸俗买卖人，而是具有开拓精神、立志为子孙创立不败基业的优秀企业家。他深知在顾客中确立信誉的要领，老老实实做生意，不容许伙计们用欺骗手段谋利，往他的招牌上抹黑。

国药店很容易用小动作欺人，一份处方常由若干味生药组成，而每味药不过几钱几分。店伙计必须耐心去开关那些盛药的小抽屉，并用戥子一一精心称量，方能保证符合大夫的要求，起到治疗作用。而有些药材如麝香、鹿茸、人参等又极贵重，戥子上稍稍做点手脚，便可为药店生财，损人利己，自应严戒。

对病人来说这又是性命交关的事。药店因欺人而导致严重事故发生，就极有可能闹到官门上去，或被砸个稀巴烂。从这个消极方面着想，也必须制定严格的规矩。

所以严肃提出“戒欺”并立匾以约束全体同仁，实属高明。胡庆余堂能在群雄竞逐中取得权威地位，并蜚声海内外，这条戒律极可能起了积极作用。

岂止杭州胡庆余堂，各地名牌国营药店，大都具有这个素质，只是未必挂匾而已。欺人必害己，道理至明。

利用人们迫切希望治病保命、益寿延年的心理，大肆用假药牟利的人，历代多有，眼下也颇不少，且屡禁不止，成为一大公害。整治“群众性”假药市场有困难，这容易理解。公办医疗卫生单位竟也有伪劣药品充斥其间，要纠正竟也非常棘手，这就很说不过去。草菅人命，为拿巨额回扣而明知故犯的采购人员竟能逍遥法外，更是非常微妙的事。

此类非常微妙的事不仅出现于药厂、医院。“不弄虚作假办不成大事”，成为不少人的座右铭。提倡多挂一些“戒欺”大匾似乎是必要的。也许这对嗜欺成性者起不了多少作用，但有利于社会监督，且可使群众看到点希望。当然光挂匾不行，须有配套措施，如果定不出来，可到胡庆余堂去谋求支持，打听一下它的老东家当年是怎样实现“戒欺”号召的。

1993 年 11 月 5 日

说“老太爷”

京剧舞台上有种角色，出台前先憋足劲用鼻音叫声“嗯哼”，然后八字步踱到台口，自报家门。一般是称“老夫某某某”，再及其他。

这些人大抵是归隐林下的文人、在家纳福的官员以及富贵闲散的员外等，既然有这个派头，大抵也就有了一把年纪，反正都是挂长胡子的，做此一叫，大抵意在打招呼：老太爷我来了！

中国似乎有这么个老传统，但并不见得都是有意去讨人尊、博人敬。在二三十年代，不少人到了四十岁就要留髭，即在鼻下唇上养个短短的小胡子，这便多少有了点儿太爷的味儿。到了六十，便在颏下蓄髯，留部山羊胡须，不时伸手摸上几摸，捻上几捻，当然就越发像老太爷了。那年月，到达“不惑”之年就算进入老境，很可能抱孙子；“耳顺”时极有可能获四世同堂之喜。十六七岁讨媳妇是很普遍的事，农村尤甚。六十年代末我下乡当农民时不过四十出头，已然被尊为“李老”，觉得很不习惯。其实并不稀奇。

农民到四十岁一般不下地干活，在家抱第三代。当然，下地也干不动了。

算是很豁达开朗的苏东坡也未能免俗。他在著名的词作《江城子·密州出猎》里，开篇就道："老夫聊发少年狂，左牵黄，右擎苍"，时在1075年冬，他不过三十八岁，便以老夫自况。而按当今标准，还属青年作家之列。他自称老夫，既是时代使然，也是行文需要。他历经坎坷，也活到六十四岁。总的来看，他还算长期保持着年轻心态。

对此种心态，无论是处于顺境中还是逆境中的，我都非常欣赏。1956年写了篇题为《童心可贵》的杂文，后虽曾被批为宣扬"人性论"，却至今不悔，且衷心据此实行之。如若上了点年纪，就"心如止水"，再大的风也掀不起一点波澜；或者做出一副老态，以示自己的尊而且荣，也实在没什么意味。

我虽然痴长几岁，已被"尊"到"老"的行列中，人家也颇具诚意，我总是敬谢不敏。骑车能满城跑，提笔能写乱弹，在公共汽车上从来没有人给我让座，怎能称老？待弃了车，放下笔，上车有人争着给我个座位时，称老不迟。

对于条件成熟的真正老太爷，我当然是尊而敬之的。敬老爱幼是我国传统美德。我只是说像我这样的人很不够那个格，且极不愿意当。至于举步就要喊"嗯哼"，实在是既无兴趣，又无劲头。

原载《今晚报》1994年2月27日

哭的艺术

有笑的艺术，便有哭的艺术。喜则笑，悲则哭。喜、悲同是“七情”中的重要因子，对立而又相成。当然也有“心喜”与“心悲”并不形于颜色。这须有高度修养，不是常人所易做到的。

生活中的笑与哭是感情的自然流露，实无艺术性可言。但如进入作品，特别是具有“可视性”、“可听性”的艺术之宫，便有了大讲究。比如拍影视片，在处理笑与哭的镜头时，大概经常会有叫停重来的情况。

笑的问题似乎比较简单，因为本身就蕴含着一定的美。当然这也只是泛说，苦笑、奸笑等则是另一回事。但在表演时也得注重艺术分寸，否则也难以言“美”。哭的难度要大得多，弄不好，感情与形象都要被扭曲。

而有一个时期，比起笑来，对哭的要求要严酷得多。有些演员在应该哭时，总是尽量收敛，不敢放开。据说是怕落得个鼓吹“人性论”之嫌。好像在拍过电影《达吉和她的父亲》之后，情况才有了点变化。达吉与自幼即被强行分开的父亲重逢时，未敢尽情表现悲痛的情绪。于是周恩来发话了：这个时候达吉怎么能够不狠狠地哭呢？不是太缺乏人情味了吗？经此一说，重作处理，父女抱头痛哭，引发了观众多少同情泪。于是有了中国电影艺术史上的著名一哭。榜样虽然有了，但总体上并无太大改变。“人性论”的帽子还是个可怕的客观存在。若是愿意，谁都可以抓起来随便扣在甚么人、甚么作品头上。

此类禁锢早已解除或冲决了。七情六欲，除了赤裸裸的甚么之外，在表演中都可尽情发挥，不受干涉。而在一些影视作品中，有时又显得漫无节制，过分。其中包括哭。

自然是没有无缘无故的哭。哭源于感情上或物质上的失落。失落有大有小，有深有浅，因人的性格和客观条件有着许多区别，我国作家早已对这种差异做了细致描写。至少哭与泣就有显著不同。至于“吞声”、“饮泣”、“大恸”、“抹泪”等等又各表现了迥异的心态。在当前有些影视片中，则是哭必“号啕”，号则没完没了，还不断变镜头、变角度，不分情由，务必号得痛快，直至天昏地暗，日月无光，常要耗去分把两分钟。本来观众尚受感染，后来便被哭得心烦意乱，祈求快快结束。这正是“过犹不及”。哭得动人，在质不在量。高明的演员，会有“上佳”表现。

据说动辄大号是受了港台片影响。此言或许有道理。但港台片也不是处理都得当。包公到陈州办案，莅临前先有一皇亲庞某抢民女杀人的情节，此时表现苦主痛号，变了三个镜头，还在继续，安排便欠“艺术”。其实一哭点到即可，赶快上老包。不必“戏不够，打来凑”或“哭来凑”。但又据说港台老太太们喜欢看《包青天》，果真如此，当然包括陪着抹眼泪了。

电视连续剧往往长得没节制，此大陆及港台通病。没戏硬拉，越长越伟大。如果有用长哭来撑场面的话，也应如像对进球的足球队故意在后场反复倒脚，拖延时间那样，予以黄牌警告。

原载《大公报》1994 年 6 月 26 日

养气与制怒

一位年逾九旬的老人介绍自己的养生之道，他说："生气中人计"，应该力戒生气，讲生气对健康的危害，和制止生气的有效办法。

这场面是在荧屏上看到的。老先生相貌清奇，健朗得很。他是豫西人，有着伏牛山人那种特有的诙谐幽默。我幼时在那里蹲过七年，对此深有体会。

生气，特别是生大气的滋味大概不少人都尝过。气自丹田出，直上胸臆，反复鼓荡，以致心肺欲炸，臂抖手颤。如不能止，又复上升脑际，冲击百会，于是双颊僵跳，大汗淋漓，此时再不镇静，则宝贵之气自囟门夺路而出，一泻而尽，于是"脑意外"诸杂症出矣。

这是集中的描写，形象的概括，有夸张之意，但绝非不实之词，更不是凭空编造的天方夜谭。打麻将因出错牌、未做成、遭暗算而骂牌、骂人、打架，气得突发脑溢血的，颇有几位，有抢救不及而当场死亡的，都有报纸为证。一位中年胖女人做大牌将成，正在蓄足全身之气屏息“等张”，男的跑来喊吃饭，轻轻在她肩上一拍。大惊继之以大怒，气冲牛斗，顿时昏倒在地。急送医院，确诊为“再障性贫血”，属“高难”病症之列，吉凶未卜。发病情由是病人亲口告诉我的。致病的精神因素不可轻视，有时甚至居主导地位。

俗称，“人凭一口气”。人活着的重要标志是气血两通。特别是气，走光了自然就活不成。至于这气到底是怎么来、怎么去的？大概还没有令人信服的权威性解释，属宇宙间尚未为人知，但需要去知的那类事，值得当代人体科学家列为研究课题。

人们当然应该珍重身上的气，爱惜它，保护它，至少不要随便让它丢失。气功师就是搞气的。他们千方百计去采气、养气、保气、运气，继而谋求发出特异功能。他们中有些人尊孟轲，为“大气功家”，想必是因为这位老夫子说过“善养吾浩然之气”。此话究竟是从练气功出发还是从思想修养出发，则实未可知。“子曰”常常很精短，只亮观点，不加阐释，要靠弟子们自己去领会。浩然之气毕竟是很高尚、珍贵的，唐代那位姓孟的大诗人就取名“浩然”，从作品可以看出他性子确实比较“浩然”，不大生气或不生气。

毕竟，少生或不生气在养生上是很重要的。“制怒”二字不是咱们的发明，古人已书之置诸座右。怒之发生也易，控制则甚难。“义愤”可敬，但愤过即应平静，不能老是沉浸在愤怒之中。不然既写不好讨贼的檄文，也打不好歼敌的战斗。老是“气不忿”，办事容易出岔子。

那老人说“生气中人计”，也对。人家变着法子挑你、逗你，就是为的让你生气，气坏身子或做出越轨的事来。若当真生起气来，倒在床上，他会抚掌大笑曰：“果然入吾彀中矣！”让他挑去、逗去、笑去、骂去，咱来个稳坐钓鱼台，任其自然。这气嘛，偏不生！

原载《羊城晚报》1994 年 6 月 26 日

论受礼之道

受礼亦有道乎？有之，且讲究不少。

其基本之道亦甚简单明了，曰：“来而不往非礼也。”此言虽为兵家移用，表述“人若犯我，我必犯人”之意，但主要用于礼仪，则可断言。

人际、家际、国际间礼尚往来，有赠有还，热热乎乎，大见祥和、团结气象。我幼时家住北京，保定府姥姥家来人，总要拎两蒲包囟煮鸡、油炸千层饼和两油篓春不老、小螺丝之类酱菜，从不空手。去时也总要给他带上两盒稻香村的细点心和月盛斋的酱羊肉。大家高高兴兴，热热闹闹。

《红楼梦》里那位刘姥姥，到荣国府去认亲戚虽然旨在“打秋风”，也总不空手，乡里的干鲜瓜菜是要带上几麻袋的。荣府还礼当然出手不凡，衣物点心而外，几十两银子还是少不了的。对这个搭不上边的穷乡亲何以如此厚待？固然主要因为她讨得了老祖宗的喜欢；但绝不能说没有还人情、尽礼仪的“古风”在。其时荣府虽已外强中干，这点小意思还是不在话下的。正如刘姥姥所说：“瘦死的骆驼比马还大呢。”

这都叫“有来有往”。来而不往，说不过去。

送礼的另一目的则为“打点”。有求于人，不能白叫人家帮忙。精明者工作在先，四时八节，红白喜事，总有点“表示”，预留印象，则一旦开口可收“水到渠成”之利。也有“临急抱佛脚”的，虽稍嫌别扭，但如对方热心，大抵也能生效。这仍属有来有往之列。“来”以金帛，“往”以援手。这是受礼者应遵循的起码道德规范。

听到一个故事，颇觉有趣。某地一育才机构，名气甚大，为父母者多欲为子女在其中谋一席位。入内须贡献若干千元“赞助费”，这已属公开秘密，姑不论。因竞争者多，决定权由该机构首长掌握。于是每晚其宿舍说客络绎不绝。某儿进入事经多人说项，已获该首长点头，表示可以缴费注册。次日忽向一说客问曰：“此儿家长既然着急，为何自己不露面？”信息传来，家长大喜。盖以“露面”之事，非不欲也，实不敢也。当晚即行前往，自然不忘携带贽见之礼。略事寒暄，该首长竟正色表态曰：“名额有限，不可能办。”随即端茶送客，该家长急忙夺门而逃。

显然，该首长在受礼之道上大失水平。拒而不办，理应将礼璧还，至少也应做一番姿态。退一步论，决意收受，总该道声

“谢谢”；再退一步论，按传统礼数至少也应取“笑纳”方式。但此公始终保持一副凛然面孔。至于几上的贽见之礼，是未曾注意，抑或装了糊涂，则不得而知。

无论如何，该首长于受礼之道虽有欠缺，在收礼之法上，确又表现出极高水平。《庄子·胠箧》篇中记盗跖答其徒问曰：“盗亦有道。”不知此公有比盗跖所论的那套为大盗者五条件更高明的道理否。

原载《广东工商报》1994 年 7 月 4 日

拉胳膊使绊

“世界杯”足球赛成了这一时期各种“传媒”的特大热门内容。特别是电视台，凌晨现场直播，白日录像复播，更加上精彩片断的集锦，真使球迷大饱眼福，平添了许多闲谈的话题。我原也看足球赛的电视，但只限于我国球队与洋人的赛事，并且一定是现场直播。目的无非是有个“输赢尚在未定之天”悬念的吸引，且极盼我队能够打赢而已。门道则看不出来，但见皮球飞来飞去，球员往返飞跑，不知有何章法。见议论者说得头头是道，自己不得不承认还处在热闹也不会看的超低水平之列。

现在，“世界杯”既那么热，而电视里的千篇一律的刀光剑影、没完没了恩恩怨怨也太烦人，便也卷进“杯热”之中。由于看得多了，且有宋世雄、韩乔生等足球专家们的现场解说，看球水平倒也有了点长进。深一些的如“四四二”、“四三三”等布阵法之类是看不出来的；但对“防守反击”、“下底传中”、“头球摆渡”等似乎有了点认识。特别是侵人犯规、判罚任意球，就更清楚些。因为不但有专家们及时的指点评说，且常重复播放，并辅以慢镜头，一切便都清楚了。

原来，侵人之术大都是拉胳膊使绊，把带球飞跑的对方放倒在地。此法虽不高明，但世界级大球星亦不能免。因为此时情况紧急，若让他长驱直入，从容倒脚甚至突然射门，便要吃亏。情急之下，不免进行暗算乃至采用“杀伤战术”，好在“判刑”有度，一般判罚任意球，再重点吃个黄牌，此时己方布防已定，紧张缓解，所以并不在乎，颠着脑袋飞速跑开。在特殊情况下，还甘冒更大风险。犹忆我队曾有过一次漂亮的“守门员出击”，当时的国家队门将傅玉彬面对从左翼带球“单刀赴会”的洋前锋已近球门，而后卫已来不及阻挡，乃奋身扑出将洋人拦腰抱住。不然此球必进无疑，犯大规换个点球，还有扑救得手的一丝希望。这次杯赛中有个守门员不仅将对方前锋放倒，还“踏上一只脚”，这就远远超出了容许量，被“判以极刑”，吃红牌出场。

阻拦对方不靠过人的技术和速度，而实行拉胳膊使绊，当然是故意的行为。当前一般判罚任意球，可能由于此类现象普遍，只好轻判。

拉胳膊使绊并非足球队员的创造。我国传统的摔跤比赛，就是抢先将对方当胸抓住，然后使绊将其放倒。比的就是这个，当然“合法”。人际间行此则是恶劣行为，“文革”中两造“台上握手，台下使绊”便是。也有更高明的，想整什么人，平时不动声色，在关键时刻，如“运动”搞真格阶段，或评先进、选代表、定职称乃至讨论某人加入什么组织等决定性关头，突然提出某一问题或疑点，认为须再议、再查，造成“缓办”以至将人“放倒”的结果，也属“拉胳膊使绊”行径。这就堪称“居心叵测”，且极见水平了。

原载《广东工商报》1994 年 7 月 18 日

“掩护”说

掩护是军事手段。为的保护自己，打击对方，夺取胜利。恐怕自有打仗之日起，就有意或无意出现掩护战术。大兵团作战中也有整师整军承担掩护任务的。也不必论虚实、明暗、真假，能钳制或迷惑敌人就行。“虚晃一枪，回马便走”，“明修栈道，暗度陈仓”，“声东击西”，“围魏救赵”，以至于打个烟幕弹等等，都算，都含有掩护成分。

体育比赛也引进了掩护战术。打篮球，甲把球传给同队乙，而用身体挡住对方丙，掩护乙从容上篮得分。排球有“双快一游动”战术，一队员跳起做扣球状，吸引对方注意，二传手则与攻击手来个快攻快打，一扣得分，那个做假的便是在打掩护。足球队员侧着身子带球前进，把对方防守队员挡在一边，让他够不着球。这是自己利用身体掩护自己。方式甚多，不一而足。

政治生活里也有。如在运动中说某人或某些人“把水搅浑”，以及“避重就轻，蒙混过关”等，也属“掩护”之列。其是与非常须由事实乃至于历史、时间去做结论。往往拖得很久，令当事人受尽委屈。

打掩护或利用掩护之事，在日常生活里经常会有，目的是保障生活正常、安全运行。我骑车行经闹市时就常发此想，并身体力行。大转盘周围路口秩序似乎最乱，各种车辆、诸色人等交错往来，全无阻挡。初历此境者，很难不感到头昏目眩，而生“行不得也哥哥”之叹。其实这些地方秩序最好。紧张情况的发生和缓解都有其自己的规律，冷静对待，突破一关又一关，终于也就过去了。这是因为胆敢闯入此阵者都是“老车”，具有丰富的应变经验，当快当慢，当闯当让，是否应突然冲刺抢点，事到临头都有一定之规，“遭遇”各方一般也都能配合默契。在这里，利用掩护或给他人以掩护是至关重要的。如一骑车人正从汽车前抢先转弯，我尽可以加速由其右翼通过，用他做掩护。这不是投机，更非要占人家便宜，而是在此时此地的最佳选择。如果失去这个机遇，放慢速度甚至被逼下车，倒真的可能造成堵塞现象甚至有被撞倒的危险。在这里，只有力求做到“随大流”和“自谋出路”的统一。停滞是没有前途的，下车是害己害人的。道德标准只掌握一条：凭良心。

马路上的隔离栏本是一种特设的掩护设施，为的是把机动车与非机动车严格区分开来，保证正常行车秩序。但我有几次因慢车道入口处人车堵塞，不得已而转入快车道，“逼上梁山”。因为我不能下车；下车就意味着挨撞、挨骂，身心两伤。

骑车走快车道大不是滋味。汽车、摩托车呼啸着擦身而过，风驰电掣，挟雷霆万钧之力，足以将我扯下。对此我还挺得住。我沿隔离栏缓行，隔离栏也正对我施行栏外掩护。因为机动车是不兴靠栏行驶的。我紧张的是自己成了离群的孤鸿，有一种特殊的伶仃感，特别担心会有一只执法的手突然将我抓住，判我违章，给我训诫，扣我罚金，无端代人受过，那才叫大大的冤枉，而且只能唯唯，而不得置一词。

因为，这是说不清的事。

原载《羊城晚报》1994 年 8 月 7 日

真能把顾客当朋友足矣

可以肯定，“顾客就是上帝”这个格言或称谚语或称座右铭，是从海外引进的。中国不产上帝，只有佛祖、菩萨、万岁爷之类。屈指算来，此语入关已将届10年，确曾热闹了一阵。凡顾客足迹所至之处，皆可见此条标语、招贴，成了商家“言必称”的时髦话，也确曾见些成效。

顾客也因陡然获此殊荣有过受宠若惊之感，但荣誉感很快就淡化了。因为自觉并未受到多少与此相应的礼遇；或虽有之但倏尔而变。如今年初夏气温较低，且大有长期居低不上的趋势，空调器柜台前极为清冷。库存既丰，必须尽速出手，一场“空调大战”陡然发生，极为“残酷”。有些商家不仅进行超常降价，且做出送货上门、免费安装、保修包换等承诺，说到做到。此时能前往照顾一台的用户，真真成了尊贵的上帝。俟后气温突然转热，来势甚猛，且有居高不下之势。空调器迅速成为抢手货。在有些商家眼中，顾客立即从九重天上跌下来，由上帝变为奴仆。货须自己远赴仓库中去提，安装须好言相恳，装得粗糙潦草只有自认倒霉，再无商量余地，因此发生的纠纷颇有几起。

现在，“顾客就是上帝”虽然还有人挂在嘴边，实际上早已不那么时兴。但一言既出，驷马难追。话既有来历，且无论如何也已成为商家座右之铭，也就不必收回，就此稍许议论一下，似还是可以的。

上帝乃至高无上之神也。他老孕育一切、主宰一切，又能保佑并宽恕一切。他老既是无处不在，又站在宇宙船不到之处俯瞰着芸芸众生，虽茫茫不可见，然其高其贵也可略窥一二矣。

一个小小的、或即便是大大的顾客，有什么资格当这个上帝呢？当不起，不敢当！洋人这样说，或有其根据和一些具体实践，如和气相待，坏了管赔，不如意管换，用过一段时间还管退之类。这也都是揣想或“据说”，未曾眼见不足为凭，只当海外奇谈听听罢了，还是宜从实际出发为好。

有些商家其实不愿把顾客当上帝伺侯的心态，完全应予理解。固然我国也早有顾客是商家“衣食父母”之说，而商家又何尝不是顾客“衣食父母”？若无商家，衣从何来？食又从哪里觅？更何况生活的美化！而敲着柜台大喊“喂、喂、喂”的顾客，也并不罕见。对此，商家又何以堪？

和气服务自然要提倡，称“上帝”则大可不必。这两个字还是该换一换，这也很现成。我国有重友谊的传统，孔夫子《论语》开篇便道："有朋自远方来，不亦乐乎？"把"上帝"改为"朋友"，两字之易，性质大变。朋友之间，好商好量，互敬互助，再主动注意点哥们义气，即有隔阂，也好疏通，买卖做成，皆大欢喜，岂不甚妙？

当然，能够这样也不易。不是有人把真正的朋友也能出卖、作践吗？

原载《山西发展导报》1994 年 9 月 2 日

偏要比

近些年来，电视台经常推出国外一些体育大赛的专题，除各种球赛外，汽车赛最为突出。

这真是一项勇敢者的运动。赛手们戴着头盔，驾车奔驰如飞，你追我赶，互相超越，烟雾弥漫，电闪雷鸣，直令人为他们捏一把汗。果然每每有当场出事的。赛车失控或遭碰撞，突然飞出场外，翻几个跟头，随即冒烟，甚至起火。有的赛手从车底下爬出来，说是没事。也有的被搬上担架，说是已折骨断臂，也有竟然为赛事殉职的。伤者豪兴不减，愈后便投入训练，准备重返赛场。

对这种玩命的运动为何有偌大瘾头？为了获取奖金？为了寻求刺激？似乎都是，又似乎都不尽然。不能说没有一股勇为人前、耻居人后的精神在支配着他。夺冠捧杯，光荣！

当然要最好的车，名牌的，质量最好的，款式最新的，不但赛驾车的技术，还要赛厂家的货色。比车！赛手和厂家的向上精神都值得称道。

比车运动也在我们这块刚刚有点蓬勃之气的大地上进行着。比得很起劲，很热闹。劝说并告诫不要比了，不听，偏要比。

说的是比小车。不但比多，还比豪华、新颖。

小车诚然是不可少的。坐上去轻快如飞，且可从住宅直达办公楼的门廊，较之自行车、公共汽车方便得多，可以节省大量的时间，多办些公事。且座位绵软，有音乐可听，冷气可放，于是又调理了精神，办公效率更高，这多优越，有得坐，为啥不坐？有新上任的表态：上下班仍骑自行车，保持艰苦朴素传统；但不久就坐上了，开头有点不好意思，三天便适应。应该派坐的嘛。

这倒是的。当然无需考虑十年前下的那个《准则》，那时规定只有正部、省级以上干部才得配专车，其他因公需车只能要求“派”。实际上即便在那时，基层拥有专车的也已然不少。而形势发展了，国家阔了，干部也该相应阔起来，《准则》被突破也是必然的了。您看，许多村长都坐上了专车，更何况乡长、县长、市长、厅长、主任？够上份儿的二把手、三把手以及常委们也应尽可能配上一辆！老是让人家要求“派”，也说不过去。于是一个较大的单位，往往是小车盈门。至于钱，总有办法拨的。

车有了，还得比。地区间、单位间、个人间，都比。人家坐皇冠，为啥咱们坐伏尔加？刘局长配的是奥迪，为啥给俺李局长配桑塔纳？不公平！管理局干啥吃的？给俺换！

坐上小车已然不错了，为啥还要攀比？

从个人说，很可能是应了“欲望无止境”那话，所谓“好了还要好”。和嘴头又一样，一旦吃上了鸡鸭鱼肉，就觉得萝卜白菜淡而无味；待山珍海味上口，鸡鸭鱼肉便又不对劲了。

就彼此之间论，怕是那勇为人前，耻居人后的思想驱使。同样的品级，小车却不如人，便导致心态上失衡。难道他的身份比俺高吗？

工作是要比的，但可以朝后摆一点；小车则越发的要比。俺要的就是这个谱儿。您难道不知，小车的高下直接影响俺干活的积极性吗？

原载《行政与法治》1994年第5期

上绑与松绑

合法的或称被允许的绑人，大抵有两种。

我曾因一种特殊目的，在一家精神病院里和病人共度了两个多月的“半监禁”生活。这些通常被称为“疯子”的人确有文、武之分。文的发起病来一般是忽然嘴里“念念有词”，或者“歇斯底里”哭笑一番。事属正常，并无人去管。武的则暴跳如雷，且“动手动脚”。我曾看到一个青年将前来探视他的老子一拳打翻在地，且踏上一只脚。发生此类情况，老护士长就要下令：“绑起来！”于是护士和清醒的病人便一拥而上，用布索把他固定在立柱或长椅上，待他安静下来，方予松绑。

这个绑，是不得已而为之的“保护措施”，属人道主义范围。

另一种绑是对待罪犯。他触犯了刑律，且够格，便抓起来，戴上手铐或用绳索捆起，经过审讯、取证，确凿无误，依法判决，或押去坐班房，或五花大绑押赴刑场执行枪决，也有虽然犯法但“免予起诉”的，自然是正常执法范围之内的事，无须多论。至于私设公堂，擅自绑人、打人的，则本身就属犯法行为，理应绑入牢房狠狠改造一番，保护法律尊严，以儆效尤。

有个“热门话题”，人们已经说了多少年，且热度不减。其内容复杂，概括起来便是“反腐倡廉”四字，热中之热为一些干部直接或间接的贪污、受贿行为。从法律角度论，这原也是很简单的事，无非是“认真执行”四字而已。有个杠杠，四十年以前，万元以上处以极刑，不及此数者量刑递减，总之大体上都有个说法。如今物价涨了许多，基数也相应提高。从公布的案例看，处死多为贪、贿十余万乃至上百万元者。也有虽不及此数，但数罪并罚而处极刑的：或虽然达标又罪不及死的。毕竟，执法中间还有个从严、从宽的尺度，未可绝对一概而论。

总之，抓了此事，人们高兴；仍是个议论纷纷的热点话题，说明还有待于深入去抓，下更大决心，采取更坚决的措施。

曾见到一个提法：不能给贪污受贿松绑！初见感到颇有力度，再琢磨一下，不对，至少表述得不准确。此事根本不存在松绑与否的问题。说“狠抓贪污受贿分子，且不可松绑”，或比上述提法稍好一些。抓住并绑起来常是很不容易的。从“传媒”中可以知道，把某个案子抓到底，曾遇到强劲的阻力；而人们也并非不清楚，工作组奉命到某个单位去查案，决心很大，但刚刚接触要害，立即奉命撤出，眼睁睁看着犯罪分子逍遥法外。原因无非是此案盘根错节，牵涉到不能触动的人物而已。于是又留下一个窃窃私议的话题。

把精神病患者暂时绑起来，是出于人道；对贪污、受贿等犯罪分子不抓不绑，或者绑而复松，如果用“保外就医”之类的“过渡”方式，徐图缓解之类，对他们是尽“人道”了，于人民大众则是大大地不人道。这个话题老是让人挂在嘴边是不好的；也不能老是停留在从体制上去找原因。重要的是采取具有威慑力量的行动，给要害分子上绑，而决不能让他们有“宽松的环境”！

原载《世纪风采》1994 年 6 月

“兜”的难与易

老傅偕同老伴到美国探亲，和房东老太太处得很好。归国前老太太在一家堪称高档的餐厅设宴饯行。菜单是：客人烤鱼一条，自己则为土豆一只，她老只吃了一半，另一半装盒带回。洋人请客多简单，此例所述更简单得出格。老傅实在，不会撒谎。

几位画家应友人之邀到饭店餐叙。菜肴丰美，饱餐尚有剩余，价值不小。离席前，那位北京客人提议：倒了可惜，装袋子拿走！主人也颇痛快，立命拿食品袋来，将大菜、点心以及未着箸的“扬州蛋炒饭”等全部“兜”入，每人一袋，兴辞。当地客未开口，是那位北京客独力发动。他不是个没有见过世面的人，可能正因为世面见多了，见大了，才得从容出此一举。他就是漫画家方成。我碰巧赶上这顿饭，故敢保证是实。

“吃不了兜着走”本是老谚语，虚实两用，姑不论。在吃上，北京本有此规矩。如以前在“全聚德”请客吃烤鸭席，削出脆皮嫩肉上桌，鸭骨上还有大量肉在，是谓“鸭架子”，服务员早早将其用荷叶包好，散席时按主人意旨交付某客。如果需要，还可将全部剩菜送至家中，老少爷们再吃顿“折罗”。很简单，店家派人装一对大食盒挑来，主人付点劳务费而已。前几年又是北京餐饮业重提“吃不了兜着走”，并准备食品袋供客去兜。据“传媒”说，不仅此也，服务员还给顾客当参谋，点菜以满意而不浪费为度。此事影响甚广，闻者拍手称善。

关于“兜”的问题，其实民间自费进餐厅，早已自动“兜”起来。十几年前一穷朋友为儿子操办婚事，为陋俗所迫，不得不硬着头皮“摆几桌”。结束时正为席上剩余甚多而“感伤”，对方数女眷已一拥而上，如风卷残云，眨眼间已搂入锅内。也算将心事了却，家庭聚餐更是食毕出盒，照“兜”。

斗胆说句粗话：见席上丰盛的剩余即将倾入泔水缸而不痛心者，可谓“缺乏人性”，当然这种人不多。多数人有“兜”着走之想，却无实行之勇。究其实仍是个面子问题。这一关冲不过，自然只有听任其被糟蹋了。

需要有那位美国老太太和方成这样的明智者与勇敢者，更需要有餐厅方面的主动。北京餐饮业已然举起了“吃不了兜着走”的义旗，就要好事办到底，比如，当宴会进入尾声之时，已将食品袋准备好。客人离席，及时装好送入手中。我想，极少有人会拒绝您这番美意的。

原载《今晚报》1994年9月13日

小方不叫累

1989年早春初识方成。那天下午去青云巷深处访马得，夫人汝勤开门便说："你来得巧，方成来了，田原也在。"

马得冲我一乐："晚报约我写他，你弄吧。来来来，就坐这儿采访。"意思是不错的，但这个环境、此种氛围颇不宜从事此种活动。一本正经提问、答问，大为别扭。我说："别忙，顺其自然为佳。"

这几位是同行，张嘴就是玩笑，不失漫画家幽默本色。我弄惯了随笔，于幽默之道虽属"半瓶子醋"，但晃荡一下，也还能调侃几句。所以见面就熟，并无拘束。餐叙时两杯花雕落肚，意兴更增。在互相"将军"、"挑战"之间，有谁唱起了儿时歌曲《麻雀与小孩》，众人不甘落后，放声和之。"小麻雀乖乖把门儿开开"的混声大合唱声震屋瓦，飘荡于青云之间。我写《童趣》记此盛会，刊于《扬子晚报》。

5年后于晚春季节再遇方成，仍在马得寓所。他原住的旧楼业已翻建，方成被安置在一间净洁的斗室内。提起来宁情由，颇有一番曲折。他月前自北京南来，陪马得夫妇等下深圳、游珠海、访中山，一路会友论艺，作画讲学。北归途中，不幸遭受病毒侵袭，疱疹生于右颊，颇有损这位76岁英俊小生形象，遂留宁治疗、休息，兼偷闲赶写未竟之书。至于中山之行，也属顺理成章。方成大号孙顺潮，乃广东中山左步村人氏，与孙大总统同族。非特此也，孙氏五世祖礼赞公迁来中山后即在左步落户。故大总统还乡，总是先到左步祭祖，再回翠亨村。这自然也是方成一个骄傲。

他在宁两旬，繁忙而且潇洒。在高府写几天书，又被田原接走做几天画。酬应、览胜自不必说。滁州琅琊山壮游归来，他竟以中山老夫子腔调吟唱起《醉翁亭记》："环滁皆山也。其西南诸峰，林壑尤美。"如洋人唱歌，怪而美。

此公喜谈亦健谈，谈必不离幽默。说在深圳宾馆内做鲁智深漫画像，像成"打油"，诗云：

豪情满腹，英雄末路；

闯荡江湖，我行我素。

此处不留爷，自有留爷处。

自觉"打油"尚佳，画不如意，意欲投入字纸篓，被服务员所阻。于是继续"打油"：

本来打算撕掉，无奈小姐想要；

只好签名盖章，看了请勿见笑。

他为我画了一张漫画像，为题28个字“打油”，足足斟酌了28分钟。完成后忽然问我：“你有多高？”我说：“一米八四。”他点点头说：“打篮球的好料，Center（中锋）！”我说：“当然。那是早年的欢乐。”他不言语，和我比了一下，便踱进小屋。一会儿，汝勤忽然喊起来：“跟他要，妙极了！”于是，这张极尽艺术夸张之能事的一高一矮《比比个儿》，进入我的囊中。

这都是他的忙中闲笔，但闲笔不闲。他赶写的书暂定名《相声艺术》，原与侯宝林合作。侯氏乘鹤而去，这担子就落在他一人肩上。

研究相声，目的何在？如此多产，诀窍何在？他一言楔入实质：漫画的灵魂是幽默；而幽默又非漫画所专有。侯宝林是相声界承上启下一代大家，造诣达到迄今为止最高境界。研究侯宝林及其相声艺术，正是为了探索我国幽默情趣的源流、发展和运用。这又离不开对其他幽默艺术的了解。所以他不仅做漫画，而且杂文、小品、喜剧、相声乃至打油诗一齐上，遍尝百味，以求真谛。1980年以来，他已出版《笑的艺术》《滑稽与幽默》《幽默·讽刺·漫画》等理论著作及杂文集《高价营养》《挤出集》等二十四书，另有四本在印刷中。

和这几位幽默艺术家晤会、漫谈，产生许多想法。而最主要的是：他们都已是古稀之年，都是画、文兼做，都出了不少书，开过不少展览会，入于民间的画作更是不计其数。论名利不求自来，论年龄则满可以安心休闲。但他们既不事卡拉OK游，更不做麻将桌上客，大部分时间仍是伏案劳作。不累吗？

未见得不累，但谁也没叫过累。也许是乐在其中吧。如果不是结识久，按我的脾气，真想喊他“小方”。

这确实少不了足够的童心。爰做此文以为《童趣》续篇。

原载《羊城晚报》1994年9月26日

发昏的蛋

鲁迅把“他 × 的”喻为“国骂”，已是半个多世纪以前的事。此骂流毒至今远未肃清，极见其流行之广，根子之深；也极见鲁迅对社会观察、思考之精远。盖凡事与国民性的负面紧密相连，就是很麻烦的了。

相形之下，“混蛋”虽也可归入“国骂”之列，还算较为文明，不过是指称对方为蛋之混者，未敢辱及长者甚至列祖列宗。其档次似介于骂与斥之间，多见于强者对弱者、尊者对卑者。如再辅以一记响亮的耳光，则更见斥骂的力度与威慑力量。反映在文字上，似更要早些。在清末民初的白话小说里就已经出现了。

创造此类语汇的人智商大抵都不太低。实际上他是把原本很完整的一句骂或斥精简凝缩而成，且已简得不能再简。如仅呼一声“蛋”！这就极欠明确，且不带劲。但溯源也很困难。勉强解释，“混蛋”似可理解为“黄白混淆的蛋”，即坏蛋、臭蛋。而当年的小说中，也颇有不少将“混蛋”写成“昏蛋”的。混、昏同音而不同声，前者“阳平”，后者“阴平”。意思也大不同。“发昏的蛋”，力量不够，上不了骂的台盘。所以可认为“昏”乃“混”的变体，主要是写书人未求甚解的缘故。骂人和斥人是为了出气，话一出口也就达到目的。没有什么必要进行更深的研究。

如果认真一下，则可以认为“混蛋”是“混账”的粗俗化。“混账”自然也是斥骂，但意思并不显得多么狠毒。“混账”者，“糊涂账”也，简化为“糊涂”也并无不可。用来斥骂则是不够劲的，所以复上升为“混账”，且扩展为“混账东西”。此语出于长袍马褂的尊者之口，最见风度。威重、庄严，而不失肃杀之气。

理一下，此骂盖源于诗书簪缨之族，泛滥开来，由“混账东西”而“混账”而“混蛋”或“昏蛋”，有个发展和异变过程。运用范围由窄而宽，含义则由尚称文明而渐趋粗野。

人们在净化语言、倡导社会文明上做过许多努力，但既牵涉到国民性，就非短时间内就能收到大效，且一旦失控就很不得了。二三十年前，就曾忽然之间流行起一句话：“父为英雄儿好汉，老子反动儿混蛋！”且不论是何人创造，立足于甚么“论”，反正是“混蛋”之声一时甚嚣尘上。当然“混蛋”必反动，反动必透顶，以至可以达到“头上生疮，脚底流脓”地步。既表现了无可比拟的穿透力，形容手法也堪称达到极致。虽是混骂一场，都足令受骂者灵魂颤抖。

那个时代早已结束了，大概也绝不可能“隔几年就混骂一次”。但“混蛋”二字则还不可能根本上从生活中灭绝。这少不了总体上的文明化，既需要语言的文明，更需要行为的文明。对确实祸国害民的不文明以至野蛮行为，人们在无可奈何中用几句不文明的话出出气，是应予谅解的。麻烦的是有人明明干着“蛋之混者”的事，也明明知道人们对他有气，却欣然且悍然予以接受：“我就是混蛋，你能把我怎么样？”

也许，他已真的成了蛋，且陷于“发昏第十一章”的境地了。

“发昏第十一章”，也是早年小说里所常有的。意思明白，但如何解释，典出何处，为啥不是第十章或第十二章等等，就不清楚了。这也没有关系，只要认真一下，总还会查出来历的。

如同发混或发昏的蛋那样，哪有没来历的？

原载香港《大公报》1994 年 12 月 4 日

答客问

——李子论道

某月某日鲜花着锦、烈火烹油之夕，学术巨匠徐子与企业明星李子遇于某活动之开幕式。二人盖数十年前大学同窗，其后各奔前程，道不同不相与谋，遂互不知对方所终矣。此番巧遇，天作之合也。

李子以赞助者身份剪彩，致词，旋举行盛大酒会。毕，李子曰："老同学聚首大不易，敢请屈尊至舍下作长夜谈可乎？"

徐子欣然曰："诺，余亦有意向老兄请教。"豪华"奔驰"极平稳，十余分钟后驶入一绿荫夹道花园别墅。入长窗落地之客厅，李子曰："此乃公司专为余所购者，尚差强人意。子为学界名流，条件亦当大好。"

徐子赧然曰："承领导关心，近分得一三居室住所，小儿居其一；余能获一书室，知足矣。”

李子笑曰：“当年子如纳余言，同应局中之邀，以子之才学，长百里任，理亿金财，不足道。”

“不然，”徐子摇头曰，“余庸碌迟钝，只能与书本为伍，做书呆子耳。闻兄曾任县长，有之乎？”

“有之。在省局数年，辱承领导信任，携余至专区，遂得一七品芝麻官。当年侪辈今日已为司局级者颇不少。相比之下，不足挂齿。”

徐子颔道：“敢问为官亦有道乎？”

“有之，其道大矣哉！无非三字而已：善用人。”

徐子抚掌曰：“此所谓路线确定之后，干部决定一切。”

李子大笑：“子真书呆子，教条、教条！”

“何出此言！”徐子怫然不悦。

“子毋怒，请听余说明之。且不论子之言业已过时；将简单事物复杂化，即可谓教条。”

徐子益怒：“何谓复、复杂化？又何谓简、简……”

“稍安毋躁，且有咖啡。”李子从容曰，“此为巴西进口者，尚堪一尝。需再加方糖乎？”

“此已足，余素喜苦，不耐甜腻。”

李子自加方糖数块：“余则一贯喜甜。”

二人徐饮，气氛渐趋和缓，李子乃曰：“实言之，余之所谓用人，乃俗所谓之‘用私人’也。”

“此何言耶！此何言耶！”徐子击案大呼。

李子微微笑曰：“昔余之赴县长任也，得专员首肯携二得力者来，一充人事局长，一充办公室主任。此二任至为重要，善者可助余稳掌大权。属下之有才能且听招呼者，提拔或调入；有才但不听招呼，掣肘碍足者，则调出之。文秘、财会诸事亦须得心应手，非有一善解我意之办公室主任莫办。二者铺排得宜，则人和政通，县长易当矣。”

“此非余所知，听来似有道理。”

李子曰：“尚有一头，亦万不可轻忽。安定以后，尽速考察干部，择其中佼佼且组织性强者，提为余之副手，盖亦为接班考虑也。”

“君思退未免过早。”

李子又形于色：“否，此乃思进之计。余数年后当为县之书记，所提之副县长当推荐以继余任，定可愉快合作。其后当如前，考察提拔副书记。”

“然则书记之后，又复何为？”

“有二途。进则调升上级单位任第一把手，退则任人大之主任。县中皆旧雨，诸事好商量。”

“人大以后之事又当如何安排？”

“亦有二途。”李子扬眉微笑，状颇得意，“时运不济宜做退休计，但须缜密考虑，挂靠于一实力丰厚单位，得顾问之类名义，则报销、用车、宴客、修房、子女诸事皆能得妥善安排。余虽属权威人士，亦须防‘人走茶凉’，如一旦沦于出无一车、宴游费无处报之境地，将何以堪？此尚为下策。当今情势，正英雄用武之时，余自不能甘于寂寞。因于人大换届之前广事联系，卸任后即坐此企业董事长交椅，亦大有可为。此余为官之道，卑之无甚高论，供子一粲，不足为外人言。”

于是徐子抚掌大笑曰：“此所谓美差都被你一人包了。佩服佩服！”

李子亦自莞尔：“何如子之雅？惭愧惭愧！”

原载《羊城晚报》1994年12月21日

大可不必

“羞人答答”四字以常用熟语身份进入《成语词典》，且有根有据；同一工具书中却无“羞口羞手”。其实，无论就内涵还是就意境论，后者都高于前者。

我是想借助“羞口羞手”说明一点问题，因已在记忆中淡化，所以要翻词典。词典未收，并不说明其价值低。追想了一番，算有了点影子。那话似出在《红楼梦》。荣、宁二府人士及散居周围的族人，虽源于一个祖宗，或都是荣、宁两位“国公”的后裔，但经几代繁衍，枝枝蔓蔓有远有近，政治地位、经济状况多极分化，早已大不一样。有个穷媳妇向处于“小康”状态的妯娌告贷，表现为“羞口羞手”。曹雪芹似乎是这样形容的。为此区区四字去翻《红楼梦》大可不必，太费事，且越急越找不到。横竖大体不差就是了。

用这四字形容一个人在困难中向人求告之难，实在再准确不过了。心里发虚，脸上发烧，口既难开，手更难伸，“两羞”。我亲身经历过这种窘境，故益觉曹公用词之高明。当然这只是求告者的心态和表现，后果并不全如设想的那么严重。鼓勇气开口，对方慨然允诺，自是有的。因人因事而异，出入甚大。

也有另一种伸手，却因想求得某种希冀（包括合理的）的实现，央权威人士鼎力“玉成”，而奉献“敬意”的。两种伸手内容截然不同，目的则同为解难。我的表述方式确有点酸酸溜溜，实是出于无奈，也无非是“羞口羞手”而已。鼓鼓勇气说白了吧，那便是“用钱开路”，在某些方面很时兴的。这应该是不难办的吧？其实也不那么容易。求人总是腰杆子不硬，就难免产生“羞口羞手”心态，嗫嗫嚅嚅，期期艾艾，大大的不好意思。何止“羞人答答”，且常“忧心忡忡”，生怕人家正颜厉色申斥：“什么意思？拿走拿走！”甚至将“敬意”抛出窗外，闹得既丢面子又亏理，将何以为人？此“羞”此“忧”俱皆差矣！虑得过分啦！据说，这钉子一般是不会碰的，“礼多人不怪”、“伸手不打笑面人”嘛。君之所敬一般当可被顺利接纳，是否也换得一个“笑”，则很不一定；至于是否肯“玉汝于成”，那就更不一定了。总之为此而“羞口羞手”，大可不必。这原带有一定的“买卖”性质，“羞”之何来！

原载《今晚报》1994 年 12 月 31 日

“三股道上跑车”谈

说“三股道上跑车”，绝非从李玉和嘴里套来，虽然他在“赴宴斗鸠山”时确曾断然表态：“咱们是两股道上跑车——走的不是一条路！”

当年这句话是《红灯记》里的上佳台词。李玉和用以对付鸠山的劝降，是得体且符合身份的，因为他是提号志灯的扳道工。

两股道上跑车，就是铁路上的“会车”、“错车”。两列火车面对面急驰，当然得两条道。且放下李玉和斗鸠山不谈，这个在特定情况下的“两股道跑车”，确是铁路上一条最基本的大规矩。

在城市里，主要地段跑车的路一般也总是两股：快车道和慢车道。但近来人行道上偶尔也跑起了车——自行车甚至摩托车，不分正反方向，甚至打铃鸣号，大有京剧《艳阳楼》里花花太岁高登跑马游春时那种目中无人的气概：“汰！闪开了！”于是路人也只有遵命躲避，不敢懈怠。

这绝非指的北极阁下、逸仙桥头经文管部门规定的自行车必须走的人行道，而是历来只有步行者才可以走的那股门前道路。这里似乎只有邮递员被允许踏车滑行，其他人是绝对不可以的。

从来不可以、甚至多少年前也没有发生过的事，现在出现了。不是为修路所迫，也不是绕过慢车道上的堵塞，就是凭一己的高兴，为个人的方便。不可以看成小事一桩。其中不仅有背着书包的小学生，而且有衣冠楚楚的成年人。一种最起码的社会行为规范正被破坏着。

这里暂不去考察慢车道上常常可见的现象：人们挽臂搭肩漫步、反向快速行车、轿车在路边停驻等。议论这些，将是另一话题的内容。

如果孔夫子前来旅游，看到“三股道上跑车”的景象，必然又会摇头慨叹：“觚不觚，觚哉觚哉！”酒杯没棱，失去了酒杯的形象，还算什么酒杯呢？没规矩！

难道“三股道上跑车”就是个小问题吗？

不然。尽管还属“个别”现象，如果泛滥开来，出事故、闹纠纷还在其次，恐怕不少人会把在人行道上骑车当成合情合理且合法的事，纷纷去讨这个巧，那将会是怎样一个状况？

大凡不合理的事成了气候，纠正就很难。此类教训已够多的了！

觚的形制是有棱，否则不成其为觚；人行道为的是走人，否则不成其为人行道。“人走人行道”是交通上的一个起码的也是极大的规矩，关涉到做人、行事、礼貌、道德，当然还有人身安全，等等等等。孔夫子喜欢也善于立规矩，所立并不都对，也不能说都不对。他毕竟是两千五百年前的人，若是他老见“三股道上跑车”而惊叹“觚不觚”，我辈就无言以对了。

原载《南京日报》1995 年 3 月 7 日

关怀失败者

和一位颇有名气的京剧演员聊天，因为熟，便很随便。问他，名角会不会在台上出岔子？他笑了，说怎么不会，谭鑫培大老板也不能免。旧时候观众厉害，台上出错，台下必哄堂，喝倒彩。现在观众宽宏大度，演员出错，彼此一笑而罢，若是武的，补打一通，还能受到热烈掌声的鼓励。

这种宽容与谅解的态度是必要的。

戏曲表演具有竞争性，名角则具有权威性。他们的成功，大都有着一个跌跌爬爬的过程。体育运动和戏曲表演有类似之处。其高层的成员在社会上同样为人们所关注，既受宠爱又处境严峻。演戏毕竟带有娱乐群众的性质，在台上出岔子也可以及时补救；运动员在重要赛场上出岔子，可能突然影响其今后的生活道路。因为直接关系到夺牌捧杯问题，后果严重，所以往往得不到应有的宽容和谅解。

一个十来岁的女孩子在比赛中失误，灰溜溜走进休息室，向隅而泣，并无人前来劝慰，关心一下。下面的一位成功了，一时多少人冲上前去，宛如众星捧月，表扬、拥抱、亲吻，热乎得像开了锅。相形之下，失误者更显孤凄。

这是荧屏显示的一个现场镜头。另一个场面则使人感到快慰。一位举重运动员第三次拼搏又失败了，与金牌无缘。下场时尽管表现得雄赳赳气昂昂，总难掩盖其严重失落的感情。他会受到怎样的待遇呢？人们高兴地发现，教练和队友迎上来，搂肩、抚摸、凑在耳边说悄悄话。这是多么的完美！运动员哪个不力求摘取牌子或争个好名次？拿到牌子就亲，出了岔子或未能完成“指标”就冷，岂不令英雄气短，壮士寒心？

听说（未眼见，只是听说）某省男女两支篮球队双双参加全国大赛，男队铩羽，女队夺冠，原拟乘同一次火车返省。由于“有关领导人员”要去车站欢迎女队，因而指示男队改搭另一次车，以便“回避”。

此事初听近于笑话，殊不可信，这不是太荒唐而且滑稽吗？但论者言之凿凿，不能不信。

失败者更应该受到宽容和理解，特别是“有关领导人员”更周到的关怀，保护其积极性，以利振奋精神，再图进取。即便是不打算用他们了，也不该忘记他们奋战沙场的艰苦历史。单凭这一点，您对失败者也该厚道一些。

原载《城运快报》1995 年 3 月 22 日

“兜”之妙趣

很多汉字由于生活的日趋丰富、复杂，早已由单义发展为多义，复经专家予以筛选、论证，进行科学的阐释，编入辞书，使之具有“合法”地位。但在现实生活中，其使用范围往往大于辞书所载，考察一下这个现象是有趣的。比如：兜，主要有二义，一为名词的兜，相当口袋之类；一为动词的兜，用兜把物拢住，接稳。二义密切关联。

有动词兜参与的同一词组，却能出现大为不同的意思。“吃不了兜着走”，原是句好话。在餐厅用饭，剩余的菜肴倒入泔水缸，未免“暴殄天物”，兜回家继续食用，合情合理。前几年北京有些餐饮业重倡“吃不了兜着走”口号，并为顾客创造兜的条件，实属一大功德。此事曾见之于传媒，闻者称善，但不知其收效如何。说是重倡，是因北京餐饮业本有这个传统。

在另一种情况下，意义就全变了。如击案怒吼："你小子再敢这么着，老子叫你吃不了兜着走！"此话也已说了许久，按其语气结构看，发祥地仍似是北方。上海滩、广州埠不见得没有，但不知其表述方式罢了。

这完全是强者对弱者的警告、提醒，具有雷霆万钧的杀伐之力。果然有应验的，其大者可闹出人命案、大官司，但语句和生活到底有何联系，则吃不准。想来总是严令对方看他的厉害，而且必须把这厉害兜将回去、铭刻在心，不准违抗的意思。如此力度，怎不令人心灵震撼。

所以这个意义上的"吃不了兜着走"不是好话。

个人兜东西是简单的。人际间的兜较为复杂，但也常表现为美好。一位刚刚入道的演员与老一辈同台献艺，常会恳求说："我年轻识浅，您老多给兜着点。"老一辈也常慨然应允："你只管大胆的演，我在台上给你兜着。"果然，若是小的忘了词，出了差池，老的便凭自己丰富的经验，帮他圆场。京剧《法门寺》里"大审"一折，主审官大太监刘瑾根本不懂法律，便向充当陪审官的当地县令赵廉打招呼："咱们唱的是一台戏，待会你给我兜着点。"虽然演员临场逗趣，但一语双关，颇为贴切。

同是兜着，实质又可发生嬗变，前不久公布的贪污粮食大案，就是让人去作弊，县粮食局长和党委书记在后面兜，结果两个都给毙了。那个县政协副主席也是个大兜家，由女儿和干儿子辈会同基层人员捣鼓粮食，随他们放手去搞，出娄子由他老人家凭自己的权势去兜，使人民遭受了一千多万元损失，东窗事发，判了个“无期”，算他走运。说是此案还要查下去，有牵连的都得弄出来。同样性质的或比其更为严重的不见得没有，也许不在少数。从传媒中可以见些端倪。需要上上下下齐动手加以围剿，把小的、大的、明的、暗的都弄出来，让他们真正落到吃不了兜着走的绝地，那才是大妙。

原载《羊城晚报》1995 年 4 月 11 日

“推销自己”和“桂冠”之类

我虽在严格意义上的宣传部门工作过多年，但对“宣传”二字的内涵长期认识不清，或者说，太狭窄，以为只是各方各级宣传部和报纸电台的事。直到近些年，才稍许明白了些。

其实几十年前我在宣传部任职的时候，已经有“大家动手搞宣传”的提法了。当时也有在高层领导岗位上的干部对一些自认为被“冷落”的基层单位头头说：“你们不向我‘宣传’自己，我怎么关心你们呢？”向上面做宣传，实际上也早成定矩。每月一小结，每年一大结，成绩一、二、三、四，典型事例若干，再缀以“发展还不平衡”、“也还有一些不足之处”等，便是。后来风云突变，大字报铺天盖地，拼命揭人的短，材料不够还可以编造，务必上到使他“脸上发黄，心里发跳”的纲上，且印成书面的东西层层或广为散发，宣得透彻，传得广远，将其搞臭，进而打倒或置之死地。这种宣传，当时名之为“造舆论”。这个“造”字，用得极为贴切、真实，简直没有一点遮盖。

总的目的都是使某事某任务“家喻户晓，人人皆知”，但内涵和手段则随着形势的发展而变化，而丰富。这是与商品经济俱来的不可避免的大潮。就说这个“商品”，当然都要夸自己的好；光嘴讲不行，要有依托，于是广告业应运而大兴。单是在闹市竖牌子远不够劲，第二种依托随即发展起来，那便是各种各样的“传媒”了。

毕竟又是实践使人聪明。传媒人人会用，各有巧妙不同。同样已跻身于“大明星”行列的，至少有三种迥异的风格。一是越兴旺越是要在传媒上露脸，心甘情愿出大钱。据说乃是为了势头永不衰落，并见“明星”气派；当然也难免有点“以防不测”的意思。一是取阶段性办法，上上停停，停停上上，说是经常使人有个印象也就够了。再一种是达到其预想的知名度后，便与传媒断绝关系，说是用不着宣传，日子也颇好过；花钱做广告反而降低身份。义务为其宣传，也不欢迎，硬得很。

时下有个流行的说法：“要善于推销自己。”初听难以接受，细想还真有道理。在竞争的时代，既要“参与”，总得要使自己广为且深为人知，不然怎能出人头地并发挥所长呢？这一点，似已在社会上得到认同，尽可放手去做。但宣传道德总还是要讲的。至少不可以把赝品当成真的吹，而且也绝不宜采取“打击别人，抬高自己”的手段。分寸也还是要稍稍考虑一下。如为他人做“推销”工作，就颇不宜动不动就给戴上“天下第一”的桂冠等等。

若是这样，无异于帮倒忙。以中国乃至天下之大，优异人物那么多，未经严格测定，这个“第一”岂是那么好当的？

原载《今晚报》1995 年 5 月 6 日

我看“生意经”

北方叫“做买卖”，南方称“做生意”，一样意思，都是经商。经商一服务社会，二获取利润，倒过来排也可以。横竖无利可图不干，赔本生意更加不做。所谓“生意经”，念的说到底是赚钱诀窍。

作为普通消费者，我对“利润”二字有自己的观察与评价角度，而以经济承受力为依归。据说由于市场的自我调节作用，如无特殊情况，利润率总会保持在一个比较稳定的水平线上，买家承受得起，卖家有利可得。这是我所盼望的上佳状态。我欣赏一些店家“言不二价”的做法；对“让利销售”表示怀疑；那种“漫天要价”准备“就地还钱”的现象，是原始的、不讲理的经营方式。用合法手段获取合理利润，对商家来讲其实是最讨便宜的事。这可以赢得信任，争取大量的“回头客”，并进而扩大影响，形成良性循环，确保企业的稳步发展。为了“以丰补歉”，或称“堤外损失堤内补”，一时提高某些商品价格，可以理解；不能指望人家老是赔钱。至于能否得手，关键还在买方。把价钱定得很高以致达到“暴”的地步，虽然有人为了“讲气派”甘愿去当“冤大头”，终究不算正常，理应管一管。据我所知，一般百姓对此倒并不关心，毕竟离自己“远”了一些。尽管大酒店有自己的辉煌，终比不上街头小摊点风流。有的店馄饨20元一客，贵得出奇，但未必能制胜。

近年来不少商家打出“买一送一”的告示，似乎真是为顾客着想而大亏血本了。考察一下，原来这个“一”本质上不同于那个“一”，不过是买一台录音机送一盘磁带之类，漂亮口号掩盖下的搭配销售而已。请扣除磁带价钱，不必送，则又像割肉似的不肯了。现在已炒到“买一送六”的“高水平”，所送都是小零碎，更属“玩噱头”之举。这噱头玩得并不比旧时店家精。我留有幼时所见“一折八扣”书的印象，几十年一直是个解不开的谜。最近才从一位前辈老先生那里知道，这种事倒是真正有过的。其办法是：定价一元的，打一折变为一角，再行八扣变为八分。一元的货八分出手，说到做到，岂不大大折本？说是不然。这是一些小书局玩的生意经。他们印的都是当时的“畅销书”，粗糙却又定价特高，动辄一元、两元，留有大大的打折余地，少赚多卖，有利可得。用各种不地道的手法牟取高利、暴利，是商品经济成长中的落后；“讨价还价”法也并不能整体上刺激市场的活跃。我随团到南方沿海旅行，见一大商场门口有牌，上书：这里为您提供一个检验自己讨价还价能力的机会。有同仁将一台索价500元的相机还到200元买下。还价时提心吊胆，拿回后还长时间惴惴不安，不知到底被“宰”了没有。说，这种检验还是不接受为好，绝不能承认这种生意经是先进的。

原载《扬子晚报》1995年5月26日

倘若牛二当上大亨

倘若“没毛大虫”牛二当上大亨，坐“奔驰”轿车，着定制三件头西装，将是何种气派呢?

在我住的这座城市，人们很善于给特殊人物取特殊称号。有种人蛮不讲理，一言不合，开口便骂，举手便打，被称“邪头”；有种人惯耍无赖，一旦被他粘上，如同抓到万能胶，甩也甩不脱，称“痞子”。都是惹不起的人物。我曾遭过“邪头”的挑衅，也曾领教过“痞子”的纠缠，深以为苦，事后又因长了见识而引为乐事。至于“邪”、“痞”集于一身的，尚无缘会过，又不免遗憾。便翻看《水浒传》第12回《汴京城杨志卖刀》这回书，体味一番。

在这里，人称“没毛大虫”的牛二确实把“邪头”与“痞子”二合一的性格表现得淋漓尽致。“青面兽”杨志流落京师，盘缠用尽，无奈去天汉桥出卖祖传宝刀。也是他时运背透，偏偏遇上这条“没毛大虫”，此公一文不名，却要问价，还硬是叫杨志把宝刀好处一一试来。“青面兽”虎落平阳，不敢不依，只好耐着性子将“砍铜剁铁刀口不卷”和“吹毛得过”表演过。牛二还不满足，逼他试“杀人刀上没血”。办不到，便揪住杨志说，“你敢杀我？”还叫“我鳖鸟买你这口刀。”杨志说，“拿钱来。”牛二叫：“我没钱。”杨志吃纠缠不过，将他推倒在地。这厮爬起来一头撞入杨志怀里，举手便是一拳，杨志忍无可忍，便把他捅了。

概括得已极简单，也可见牛二“邪”与“痞”水平之高，若参与评审，弄个“特高级”当无问题。尽管如此，却无必死之罪；杨志则理合杀人偿命。幸亏天汉桥下百姓感念他为地方除了一害，联名向衙门说情，争得个从宽，得免一死。

为啥是地方一害？书里只有简单交代。此公“是京师有名的破落户泼皮”，“专在街上撒泼行凶撞闹。连为几头官司，开封府也治他不下，以此满城人见那厮来都躲了”。有如老虎般凶恶，又癞得掉光了毛，尊为“没毛大虫般”不辱没他。

“没毛大虫”人见人怕，召来原因就是两条。一是善于“撒泼行凶撞闹”，这条实写，欺杨志一节已演述得非常明白。二是“连为几头官司，开封府也治他不下”。此条不清不楚，是“虚”的，却属一大关节，内中文章定然很多，想来必定是著书人不想另出枝蔓，故而一句话打断了事，堂堂开封府对这个街头的泼皮也未见得不能收审；打他一顿屁股，关他几月班房，不在话下。无奈他有保护伞，一经抓将官里去，满可以咆哮公堂，撒泼撒野，搞得开封府大大被动，甚至乌纱难保。便索性不治。被人杀掉，倒少去麻烦。

说“没毛大虫”日后也可能有大亨之尊，似乎难以思议，其实不然。时势造英雄，英雄造时势。机遇面前人人平等，就看敢抓不敢抓，运气好不好。治世乱世都会有大变革，众多勇敢者踊跃投入，当然难免鱼龙混杂，泥沙俱下。稀里糊涂上梁山泊坐把交椅的，并不乏在下九流里厮混过的“白日鼠”白胜、“鼓上蚤”时迁之辈，牛二虽然癞得出奇，“撒泼行凶撞闹”却正是他人所难具备的优势，一经哥儿们指点提携，他再来个歪打正着，焉知不能一步登天、改换门庭乎？昨日泼皮光棍一条，今朝忽然暴发，成为炙手可热、备受尊敬的豪强，古往今来，并不罕见。

而此公当真坐上“奔驰”车，穿上燕尾服，也必然是“雅”味十足翩翩一绅士，所到之处，前呼后拥，递名片、送请帖者盈门。五星级大酒店、老窖“路易十四”之类，都只能算小菜一碟。手挥五弦、目送飞鸿的风度和颐指气使、发号施令的派头令人侧目。

但无论如何，“邪”和“痞”的根子是难以去掉的，这原是他发迹的老本。什么事他不敢做！而忘情之时，“鳖鸟”、“妈的”等野话也难免流出几句。若还有“连为几头官司”情事，也算不得什么稀奇。他毕竟是个高级泼皮。一定要在生活里找同类，则已被与尚未经揭露的庄霸、财霸、行霸、政霸，以及形形色色的大骗子手庶几近之。

原载《羊城晚报》1995 年 8 月 18 日

“信”与不“信”

上高中我就知道了“古无信史”这个成语，虽然似懂非懂，也能琢磨出一点意思。那是说“古来的历史都不真实”，或“古代没有叫人信得过的史书”，反正都一样。对此我颇不以为然，已经传了几千年，谈古事都以之为据，能有假吗？在大学读农科，不学历史，参工后忙现实，不顾历史。老师教的那虽简单但从轩辕黄帝到辛亥革命“一以贯之”的内容，几乎忘个精光，只留下那十来个朝代和若干大人物的名字。“古无信史”却还总搁在脑子里，只供闲聊时卖弄一下罢了。

近二十年来，时间宽裕了些，老是读当代的书也觉得单调，就开始涉猎一些史籍，兼及稗官野史，也就感到“古无信史”虽说得未免太绝，却也不是没有来由。就以陈寿修的《三国志》来说，固然是一贯被认为与史记、前后汉书并列的“好史”，也不见得没有破绽，没有令人怀疑其真实性的地方。

这部书也是纪传体，如要弄清一个重要事件的详细过程，就必须遍读参与此事各主要人物的传，互相参照补充，否则就不完整。但各人的传往往“自说自话”，就难免弄不清孰是孰非了。

“赤壁之战”堪称《三国志》顶尖大事了，是它直接导致了“鼎足三分”。用最简单的语言表述，那便是“刘备与孙权联合，以五万部队用火攻大破曹操二十余万众于赤壁”。以少胜多，历来都被当做著名战例。但各传提法却不尽相同。曹操传里说，他只是和刘备打仗，因部队闹传染病而退走。孙权传里说，放火一节是有的，但战船乃曹操自焚。刘备传里说，是他命令诸葛亮去和孙权搞统战的。诸葛亮传里则说，点子是他想出征得刘备同意的。鲁肃传里更说，他见刘备没辙了，便建议去和孙权联系。关于战况，以上各传俱极简略，不过说在赤壁大破了曹军，且只有刘备传里才有“焚其舟船”四字。至于战役的始末，“火烧战船”的过程，周瑜传里才有完备的记叙。所以后人对赤壁之战进行论列也罢，写小说、编戏曲也罢，都只能以周瑜传为依据。曹孟德是“三国前”历史舞台的领衔主演，周瑜不过是孙权的部将，若较起真来，去抠曹传里那两句话，恐怕世传的那个轰轰烈烈的“赤壁之战”就难以如此认定，至少需要再行调研。但又有谁耐烦去做这种吃力不讨好的事呢？把周瑜传里的现成材料拿来用最省事，就让周郎独占风流吧。

《三国志》关于此事的记载，只能说基本“信”。

修史者的历史观点、材料来源、编纂方法以及客观环境等，都蕴涵着导致不“信”的可能性。第二手材料特别容易把修史者引入迷途，受骗上当。理想的境界是所有当事人无分巨细把经历的事及时录下，这当然不可能。曹操、诸葛亮、周瑜等在打仗时尚运筹帷幄之不暇，哪里想到以后去写史？真是有兴致写一点，但材料已随黄鹤去，只能以个人点滴记忆为据了。就是科学高度发达的今日，如果在重要事件进行当中不用录音、录像等手段把全部情形都记下来，过后便说不清楚，至少不真切、不全面、不实在。1959年庐山会议这么大的历史关节，如果不是毛泽东的兼职秘书李锐手勤，在他那黑皮笔记本上断断续续记下了部分幕前幕后，大会小会的重要细节，据以写出一部《庐山会议实录》，这段历史肯定“说不清楚”了。

这都基本上属于技术范畴的事。若修史者必须受制于朝廷意旨，不能直面现实秉笔直书，而一味投其所好，扬善隐恶，褒功讳过，把真实情况加以扭曲，明白的事情搞得糊涂，甚至恣意篡改、编造，这样的史如何能“信”？有人看不过去，便暗中去修“私史”，既不能公之于世，就难免佚失消亡，只传下来若干零碎的稗官野史，但也在“信”与不“信”之间。

尽管不“信”，或不太“信”，但有总比无好，详总比略好。正史可以“继绝世，传法统”，野史也可“补阙遗，举逸民”。还是要去读，否则连三皇五帝、禹汤文武、春秋列国、唐宗宋祖等等都闹不清楚，忘记了祖先，那可怎么办呢？

原载《广东工商报》1995年9月11日

孟子见齐宣王

孟子周游列国，宣传他的政治主张。齐宣王多次接见他，咨询治国平天下的要领。孟子便反复谈他的应行仁政、止兵戈的一贯观点，齐宣王一时倒也没有什么异议。有一次正谈得好，他忽然说：老先生，不行呵，“寡人有疾，寡人好货”。孟子说：这没有啥，大王您喜欢财货，如果能推己及人，让百姓也宽裕起来，王天下有何难？齐宣王又说：老先生，还是不行呵，“寡人有疾，寡人好色”。孟子说：这也没有啥，大王您喜欢美女，如能推己及人，使内无待嫁怨女，外无光棍孤汉，各得其偶，王天下又有何难？

这位齐宣王倒也诚实，把喜金钱爱美女的毛病向孟子公开。孟子毕竟是头脑清醒敏锐的哲人，立即因势利导，接过话头宣传应关心百姓的思想，又不伤及齐宣王的面子。他所持的观点整体上虽未被齐宣王接受，但交谈是在坦率而又亲切的气氛中进行的。

本来，“食、色性也”，“人之大欲存焉”。即便在当时，圣人也不回避这个问题。《诗经》三百篇，首篇《关雎》开头就是“关关雎鸠，在河之洲，窈窕淑女，君子好逑”，用啾啾鸟语比喻美丽的姑娘与洒脱的君子成为佳偶。多美。有个老头坦诚地说，他在街上碰到美丽的姑娘，总禁不住要看上几眼，“人谁不爱美呢？”他为自己辩解说。在征婚广告上可以看到：“某男士，英俊文雅，爱好文学，欲求端庄秀丽贤惠的淑女为伴”。他不但外表美，而且精神品位也不低，“爱好文学”；他要以自己这秀外慧中之凤去求貌、德、才兼备的凰。当然是好得很，好极了。

若能做到先贤所倡导的“好色不淫，喜财不吝”，自然更好。这八字也是实事求是，合乎辩证法则的。喜欢美色，但不淫乱；欢迎金钱，但不吝啬。道出了人的本性，又用道德加以规范。

说到金钱，那确实是少不了的。只要合法，多多益善。只有呆子才不欢迎涨工资，改善生活。且不说老百姓解决“开门七件事”争取向温饱、小康挺进少不了钱，就是已经成为富豪的也不见得就此看轻了它，捞钱的欲望无止境，只是他们的坦率程度则往往不如齐宣王。

且不说买卖人的话。就是身为人民勤务员或称“公仆”的，能在财、色问题上具有坚强的自我控制能力，就可以认为十分可贵。有的人不行。只说这个小汽车，本来是让他用以代步、提高工作效率的，但往往嬗变为身份的标志，享乐的工具，因而规格总是看涨。国产的不满足，要进口的；“皇冠”牌不满足，要“奔驰”、“凌志”以及更为高档的，对车如此热衷，更无需说对“官位”的谋求。

孟子与齐宣王的对话，虽属封建腐朽，也颇值得听一听。如果对财、货、车、色真具有超常欲望的话，应勇敢一些，公开宣布：“本人有疾，本人好车”，“本人有疾，本人好货”，“本人有疾，本人好色”。加强自我监督，就用不着上面对此着急操心了。

原载《羊城晚报》1996 年 1 月 31 日

胳膊肘的弯法

民间有口语：胳膊肘朝里弯。这话似乎多余。胳膊肘不朝里弯，难道朝外弯？那不成了畸形人了吗？原来这不过是个借喻。朝里弯，就是肘“向”自己，这样来“保”自己，“保”自己的哥们、同事和一切与己亲密、于己有用的人。“保”出什么结果？无非是利益、体面、身家性命的安全。

这样说还有点玄，举个例：北方又有个俗话叫“护犊子”，用以责人，颇为厉害。两家孩子打架或相骂，一方家长出面干预，并不喝住自己的孩子，而是一味责怪对方。这样就很容易落个“护犊子”的恶名。犊，小牛也，其家长自然便是老牛，老牛态度不公允，把崽唤到自己胸前，一味向对方瞪眼吼叫以责骂威胁之，也就是“胳膊肘向里弯了”。可知由胳膊肘的弯法引出的“向着”，并非“向着光明的路前进”里那个“向着”的意思，而是特指“偏向于”、“倾向于”或明白地说即“有好感于”、“爱护于”某某。

既是这样“向着”，有事自然着眼于“保”。

“保”，在政治运动里出现的频率最多。凡运动都有“对象”；对象有时明确，有时不明确，一经“放手发动”，“动力”如脱缰之马，恣意奔腾，竞立新功，就更容易混淆。对象搅在一起，乱得一塌糊涂，权威人士就得采取适当方式“保”一些人，特别是信得过的人。还有个比例问题，虽然不妨突破一些，但破得太多会导致天下真的大乱，也需用“保”来稳定、平衡一下。

如果有健全的法制，充分的民主，一切有法可循，按章办事，又何须某人某组织出面去“保”什么人呢？

在那不正常的年代，动用自己的权力去“保”此人彼人，有其不得已之处；今天还动用这个东西就是毫无道理。但有些人还是喜欢这样做。所属或重要或得力或亲信人员犯了事，如大大小小偷、吃、扒、拿之类，当还没有张扬出去，闹到沸沸扬扬的地步，只要权力够得着，常习惯于先“保”。向传媒封锁消息，向上面“保”，向下面“保”，向监察部门“保”。“保”下来内部消化；或慢慢斟酌，直“斟”到事情冷下来。若是“小事一桩”，紧紧捂住也就罢了。真的“有碍观瞻”，总也要设法为其开脱，保全体面进而保全地位，给个不痛不痒的处分，或“平调”到他处做官。总的原则是争取大事化小，小事化了，最好是就当没这回子事。如果犯事的是个无足轻重，可有可无，或原本就是个碍手碍脚的角色，则哪有兴趣去“保”？正好“抛”出了事。

常从荧屏上看到“社会万象大追踪”之类的节目，记者沉到基层去调查，发现问题，回头逐级向其上司采访，就会看到“一问三不知”或“顾左右而言他”的形象。含含糊糊，上推下卸，其中也难免有“保”的成分。

这样朝里弯胳膊，美其名曰“爱护干部”，真是天晓得!

原载《今晚报》1996年2月7日

跑位

我对足球运动的认识一直“不是很好”(这是现场评论员们习惯用的一个“鼓励式‘批评’”),近年来多少有一点进步,主要得力于专家们的现场评论。

有一次专家对一个进球大加赞赏,说这位球星从左翼飞速带球连过数人,其他队员都在密切配合。跟进的、补位的、突前的、接应的,都在积极跑动,既不愣着等球,也不盲目奔走。他说这个队很成熟,“跑位”好。

于是又得到一把开窍的具体钥匙。看球时,既要注意“拿球”队员如何处理,又要观察无球队员如何行动。看“跑”得是否有章法,成为“一盘棋”。忽然中卫一记妙传,全军扑上,专家大呼“机会来了”,果然几个清晰的倒脚,球到人到,一个冲顶,足球应声入网。如必进未进,抱头跪地,恼恨之态也极可悯。

跑位不易，跑得有效更难。

人在社会上也时刻在跑位。效果如何，有客观际遇因素，更有个人功力问题。头脑清醒且本领高强的，通常知道该向哪里跑，如何克服障碍，常能获得成功。反观自己，在茫茫人海之中常搞得晕头转向，不知该往什么位置跑。待悟到以后，再起跑却已落人后，又扼腕不已。

好在目的是为“进球”，并无他意。只是面对明智的优秀分子，未免自惭形秽。转念一想，际遇不由人，本领有高下，为人处世但凭良心就好，无需自谴责背包袱。

但这又很难说，人是很难不自我谴责的，更不能因此就不“跑”了。不是有过“走资派还在走”之说吗？“走”资派嘛，当然要走。人既然还活着，怎能不按应尽的职责，向应奔的“位”上“跑”呢？只求变得稍许明白和通达一些而已。

原载《广东工商报》1996 年 3 月 25 日

“阶层问题”和“包子现象”

近些年来，“工薪阶层”四字提法很时兴，如说“工薪阶层”收入提高了，如议论衣、食、住、行大范畴中某种具体消费金额“工薪阶层”是否“承受得起”，当然，结论是肯定居多：能承受。

“提高”与“承受”的问题，需要“具体情况具体分析”，难度太大，姑不论。这里且用拆字法考察一下这四个字。工，大概指工资，薪，就是薪水吧。提“阶层”而不提“阶级”，大概是因为眼下已无阶级之分或这部分人不成其为阶级，而只是阶级中的一个层次，故曰阶层。与之相对应的，便是农民，以及大大小小、形形色色的老板了。

不知道四字出处何在，发明权谁属。我想总是个新词。若干年前，在“单位”上班的都拿工资，出不了这个阶层，而按旧传统，是工人拿工资，职员领薪水；新社会袭用，显然不妥。

现在忽然冒出来，总也有其必然之理，但概念总嫌模糊。因为靠工、薪（如果可以这样说）生活的其所得彼此相去太远、太大。即使同属国有单位，因为效益好坏、油水多少（这是一位省长在分析问题时所用，发明权不属于我）、所司有别、权力大小的不同，其职工收入大不一样；同一单位里，因管的事有异，个人的“办法”不同，所入也悬殊。同属“工薪阶层”，少的月入只二三百元，多的上千、几千。这是“一般地说”；若要“特殊地说”，就不好说了。

具体人收入相差那么大，却要合拢来去谈“承受能力”问题，显然谈不通。就以通常占工资收入比例最大的吃来说，如要改善一下，能吃酒店、餐厅的大概是少数。多数人怕是连进去看看都不敢，就那么一个小门脸，还站着保安和接待员，这个架势就先自把人吓住，至于亮出“最低消费”若干，看起来不算太高，但都怀疑其中有诈。坐下来，这个费那个费，就远不止于表面的开价。“叫你掏，就得掏！”老实掏吧！

于是这也被称为“工薪阶层”那部分人，尽管过去也曾下过“馆子”现在只有在街头巷尾的小摊、小店去谋求满足口腹之欲了，便引出“包子现象”。包子是总称，包括肉包、菜包、豆沙包（“小笼包”不在其内）；也可以扩展到馄饨、锅贴、小煮面和简易“早茶”之类，总之是大众承受得起的小小美味。有这么一大批人去谋求，“包子”摊店也应运增长，一刹时星罗棋布，入眼皆是。论烹调质量和卫生条件，则大都一般，乏善堪述。有几家曾经以此驰名的店家乘机重整旗鼓，打出“百年”的招牌，张出“传统”的旗号，着实红火了一阵，但很快门前冷落。盖以此类店家有个毛病，一旦情况向好，便会粗制滥造。

有个现象已经延续了不短时间，几家大餐馆在后墙开了窗口，专卖包子，名曰“外卖”，大概是内厨制作、对外销售之意，品种也不过通常的肉、菜、豆沙这“老三样”，价钱比街头小摊的每只高出一角，但生意非常好，随时都排着二三十人的队，眼巴巴望，说确有“餐厅风味”。

这就是实质意义上的“工薪阶层”的一种消费行为与追求，这几个餐厅也聪明，适应了他们需要。若不见好就收，冷眼向人，不会赚钱的。

原载《南京政协》1996 年 6 月第 3 期（总 41 期）

前人所说

道德与文章是两个概念，无必然联系但可互相作用。连在一起是前人创造，目的在于捧人，所捧率多名人显宦。道德文章两佳者固然有之，但不加严肃考察便下结论，捧而且滥，就不仅于世无补，且易产生流毒了。

这原是老而“废”的话，提一下，为的是引出另一句前人名言：毋友不如己者。即不要和不如自己的人交朋友；反过来说，交友，就要交比自己高明的。有“取法乎上”的意思，“师友”二字由此而来。

话倒是一句好话，但有几点可议之处。第一交代不清。“如”与“不如”指的啥？知人论世，总离不开道德与文章（包括各方面创造）二者，该比哪一项？第二令人为难。文章较“实”道德则较“虚”。“自知之明”大不易得。勉强给自己打分，往高处走不免脸红，打低了又心有未甘。对自己还吃不准，又怎好与他人比？所以很难说是指道德。第三高下实在不好论。凭自我感觉，文章大抵是自己的好，或自己情有独钟的好，也常难以找到觉得可比、进而敬服、再进而甘愿拜为师友的对象。

所以这话虽然说了上千年，够响亮的，仍是一句徒有其名的格言、易说难做的空话。

人生在世，总不能当孤家寡人，朋友还是少不得的。择友宜慎，但慎过头又一个也交不成。交，还应是道德当先，档次则是自然形成。能推心置腹、肝胆相照的自是上乘；能开诚相见、相互尊重也算难得。讲道德，起码是与人为善，说话算数。“人而无信，不知其可也”，此言不谬。

交成好朋友也不一定都能全始全终，这一般也牵涉到道德问题。东汉末管宁与亲密学友华歆的“割席分坐”，便属此类。《水浒传》写陆谦为巴得自己“上进”替高俅设计陷害好友林冲的故事，更成为“卖友求荣”的典型。事关人利害时反而无情，不但把朋友打翻在地，且补上几脚，也是有的。正如打“世界杯”，有的原是好伙伴，到场上打红了眼，便下狠茬子动脚动手，不惜弄伤。此正所谓“两国相争，各为其主”，立场嘛。

至于原为谋求某些利益而与人交好的，其动机与行为本身就“不够朋友”，必至目的达到即行“引退”，或被对方识破而遭疏远，不能长久。

也是前人所说的“君子之交淡如水”，并非没有一点道理。少一点“实用”，多一点真诚，这也属于道德规范之内的事。

原载《文化市场导报》1996 年 7 月 13 日

也研究点“左道旁门”

——看足球赛有感

幼时，曾正襟危坐聆听过父亲讲《论语》，有一“论”是：“子不语：怪、力、乱、神”（标点是我加的），渐渐便意识到，这位孔老夫子虽“迂”得可以，倒是蛮讲科学性的，便肃然起敬。但在高小到初中这个阶段，对神怪小说很感兴趣，就把老夫子的这个教导完全置诸脑后。只是对小说中一些新奇的提法弄不太懂，如“左道旁门”、“奇门遁甲”之类便是。只能从情节中约略知晓这指的乃是不正规的法术罢了。

比如说，《西游记》里原“齐天大圣”孙悟空的七十二变和原“天蓬元帅”猪悟能三十六变之能，都是得自仙家真传；他们保唐僧西天取经途中所逢的妖魔虽也会幻变，都不过是下九流的歪门邪道。《水浒传》里“入云龙”公孙胜的法术是道行甚高的罗真人所授，而“混世魔王”樊瑞虽然有“呼风唤雨”、“撒豆成兵”之术，却是从江湖上的一个“全真先生”处得来，和公孙胜根本不在一个档次上。所以公孙居“三十六天罡”前列，樊瑞只能处“七十二地煞”中游。

看多了便悟出来，“左道旁门”是和“仙家正统”相对而言的，前者是不入品、格调低的门派。

这等早已成为不复忆及的过去，怎么又忽然提起呢？应该说是随波逐流卷入足球热浪的结果。但苦于功底太薄，看球水平长进不大，只是对场上“大模样”和“小动作”有个大体上的了解而已。

大模样，是指的“带球过人”、“鱼跃冲顶”之类，眼前明摆的现象。至于“四四二”、“四三三”、“五四一”等排兵布阵之事，则大大不懂；不懂也就罢了。

小动作引起我更大的兴趣。主要是那细腻到出神入化地步的脚下功夫，实在赏心悦目。

对于属“左道旁门”以至“奇门遁甲”范围内的小动作，我给了更多的注意。说开了就是高水平的“有形”或“隐形”的犯规行为。多发生在企图变不利为有利，以至化解失球危险之际，这时便不择手段去搞歪门邪道了。手，会去拉人胳膊、推人背脊、击人小腹，或索性把球拨开。脚，会去拦人、绊人、踹人，甚或把对方得分主力踢伤，使之不能上场。形形色色，花样繁多。这刹那间发生的事，外行是看不出来的，需借助于慢镜头的重播和评论员的解说。

西方大牌球星脚头功夫确实高妙；岂但如此，听某些专家的口风，似乎他们在球场上的作风也值得称道，如从小就养成遵守纪律，尊重对方，服从裁判的习惯等等。这说法似乎并不全面。荧屏上显示，他们犯起规来厉害得很，有时甚至达到残酷的地步；而名气越大，犯规越巧妙、越隐蔽。所以如何把规犯好，很可能是他们专攻的一个课题。

不知道我们的足球队是否有练习犯规的专业课。看来应该设，"合理"的技术犯规手段必须掌握，而"防人之心不可无"，也得学会以避免受害。"左道旁门""奇门遁甲"之术还是需要掌握的。至少要懂得其中奥妙，不然就只有在比赛中眼睁睁地吃大亏。

这些话听来可能有点邪门，其实不然。大而言之，不是早就说过，唯物主义者也要学点唯心主义，不然怎么和它做斗争呢？小而言之，当头头的清廉自守当然是必要的，但也要把贪污盗窃之术研究透彻，特别要修炼一副看出隐形腐败的火眼金睛，否则又如何制定反贪反腐的战略战术？岂不只能眼睁睁看着人民的财富流入豪家私囊？当然这个术是"仙家正统"，而与"左道旁门"无涉。

最后这个解释其实多余；不过，还是提一下的好。

原载《江海纵横》1996 年第 11 期

“老总”，我欲醉矣

“老总”现在是个普遍的尊称了。普遍，就容易滥；一旦“多如牛毛”，连真的也要贬值了。

这个称呼也并非这几年的新发明，其实来源已久。至少是八九十年前，老百姓对戎行即武人喊起来的。那身上的老虎皮和腰里的驳壳枪很有威慑力量，老百姓见了就害怕，不论其肩上有几颗星，统通呼之为“老总”。后来规格又降低，连扛大枪的二等兵也成了“老总”。在早期的电影里可以看到，大兵捉鸡宰牛拉大姑娘，老百姓就哀求：“老总，您做做好事，别，别……”

在写近代革命历史的纪实文学作品里，有一些对我方主要军事干部都称“老总”。窃以为口头上喊喊没关系，形成文字就得有个讲究。如写贺龙，南昌起义前他是北伐军一位军长，写到此处，称其“贺老总”是不合适的。后为起义总指挥，称“贺老总”就名正言顺了。抗日战争期间，八路军正、副总司令为朱德和彭德怀，朱德被称“朱老总”，彭为“彭总”，这称呼延续到建国以后，“合法”的也就是这有限几位。其他的“总”，都是本系统干部喊起来的。

社会上拿过“老总”来喊单位负责人，原本极少。一则带“总”的职称实在不多，二则那时都讲究个分寸，不乱戴“帽子”。我听到过的，只有工业部门称其总工程师或总设计师为“老总”或某“总”。还需此人学问渊博，才智过人，成绩卓著，足以服众；如年高德劭，名声远播，则更受尊敬。“老总”实是发自衷心的尊称、爱称。连上级部门领导也得恭恭敬敬如此称呼之。

这些年“老总”暴增，到处“老总”声声入耳。这当然是由于事业大发展，带“总”的头衔急遽增长之故。而时尚所趋，喊起来也就漫无节制。比如遍地是公司，自然遍地有总经理。总经理固理所当然称“老总”，即便是副总经理，这个“副”也往往被免掉，而代以其姓氏。而母公司套子公司，子又生子，“老总”便又翻了几番。更有各方面的总裁、总管、总导、总编、总策划、总监制、总教练“加盟”等等。而“老总”既遍及天下，“百家姓”也约束不住，就难免有重复现象。像敝人这个“李”，乃全国第一大姓，则“李总”之数，又何止成千上万？举行宴会，几桌摆开，主人给“李总”敬酒，话一出口，必然有多人情不自禁抚杯侧身以待，此等光景，也实在有趣得很。

敝人曾经设想他人称我“李总”，虽无其位，竟然有点飘飘欲醉起来。可见我也未能免俗。“老总”之称实在是很美妙的。

原载《今晚报》1996 年 11 月 28 日

“傍”人和受“傍”

“人”从“旁”边，是为“傍”(bàng)。古人造字是很有讲究的，此字必为表现社会生活的人际行为而设。描述自然景象的“依山傍水”之“傍”应属借用。

偎在人旁，有“依靠”之意。据我所见，古人就原意使用者甚少，今日在文字中更不常有。倒是口头上有时说说，京剧界则较为常用。

过去所谓的“傍角儿”，就是指在大演员身边做艺维生。凡能“挑大梁”挂头牌的演员，都有若干为他服务、靠他吃饭的专业人员。如果是唱旦角的，就少不了专门和他配戏的小生、小丑、老生、老旦甚至花脸演员，配合默契，少他们不行；此外还有“私房”鼓师、琴师、化妆师、服装师以及管剧本的、管账目的、跑外交的等等。他们的戏份都由这位主要演员支付，这就是所谓“傍”上了。扩而大之，连在这个班子挂二牌的角色（第二把手），对头牌演员而言，俗称“跨刀”，意即从旁予以协助，也有“傍”的意思。如某角“傍”过梅兰芳或余叔岩，则提起来会产生一种自豪感。强将手下无弱兵。能“傍”上这种大角，颇足以显示自己技艺不凡。

在通常人际关系上，这个“傍”可就变味了——如果说我李某人“傍”上了某大款，设若李某是男性，那就意味着对他阿谀奉承、尽情巴结、铁心投靠，由亲信而心腹而居位其核心组织，随之也发将起来，博个“二款”的身份，至少也得其恩赐，分得一杯羹。设若李某是个女性，这个“傍”也就意味着捞个私人秘书当当，谈判出访总是不离左右，如影随形。甚至住进他哪一所花园别墅，受到所谓“金屋藏娇”的待遇。人家议论起来，这个“傍”就不免具有相当的贬义，总不如靠劳动吃饭，在人格上受到尊重。

设如群众议论说李某人“傍”上某领导，或某领导被李某人“傍”上了，这也有点不妙。总是认为以不太正常的手段上前亲近，而达到相互信任，甚至能以私废公地步。当然这种现象是极其个别的，“投明主”、“选贤臣”，古即有之，至今依然。您说，哪个清正的领导喜欢使用狡猾、庸俗、笨拙的干部呢？哪个正直的干部愿意跟随贪婪、刻薄、昏庸的领导呢？

当然欢喜“傍”领导和高兴受人“傍”的，总是有的。但是毕竟是少数。

原载《今晚报》1996 年 12 月 13 日

但愿是“自我误导”

说不清是由于对情况了解片面而形成的自我误导，还是确属实情，我常感到内地餐馆业发展得极为迅速，而且势头至今不弱。附近那条并不算太繁华的大街，不到半里路，已落下十余家能提供“生猛海鲜”、“基围大虾”兼办“火锅宴”的“餐厅”、“酒楼”。后街则两爿新店又在建中，即将完成。虽非金碧辉煌，气势却也不凡。

对此我常感不解。是否因为有的分析家指出“中国人的口袋真的鼓起来了”。“沿海大、中城市居民多数已达小康水平”，这些大小老板便想掏这些“小康”者的口袋呢？想想恐不尽然。我和周围一些朋友，都在国家单位领取中等工资，“比上不足，比下有余”，大概算是“准小康”水平，议论起来，近十年除了偶尔随缘“公吃”，自己都未曾涉足其间。无非是四怕。一怕承受不起，动不动百元开外，相当工资几分之一。二怕进了门出不来。尽管许多餐厅大做广告，甚至打出“鱼香排骨”每客一元的特殊优惠旗号，十分诱人，但脑子稍稍一转就感内藏“杀机”，因为并列的菜肴中尚有四十元一客的“五味鱼翅”等等，若是怀揣二十元想品尝几客“鱼香排骨”，恐怕非但不能如愿，还不得不由小姐帮助订这订那，餐毕“埋单”，当然傻眼。三怕弄虚作假，名实不符。“炸鳝片”二十元一客，价为十余年前的二十倍，目前虽不能算太高，但据说往往“洋葱当家，略见鱼片”，则实在不如用此价自制，足可“炸”出两盘典型的鳝片。四怕那副阵仗，保安站门，小姐笑迎，这压力与热情实在承受不了。我辈“准小康”者已然如此，无怪收入微薄者把在街头摊点上吃一碗多放辣油的馄饨当成一大“改善”。

话不能说绝。即便是国营单位，工资收入高出我若干倍者也着实不在少数，阖家老少去享受一下“生猛海鲜”之美自是小事一桩。但想来也是偶一为之。中国人讲究“过日子”，自己挣来的钱是不肯随意花费的。而据我看来，大多数餐厅、酒家的生意实在是过于清淡。午晚用餐时间，小吃摊点上热气腾腾，而他们大多是门可罗雀，安排整齐的席面空荡无人。咋维持呢？难道真应了那句老话：“三年不开张，开张吃三年”吗？

毕竟是我少见多怪，一天午后访友，酒后神侃，不觉已午夜之将至。归途经过一平常也是“门前冷落车马稀”的三开间餐厅，见楼上下均有灯光，明暗不一，门外轿车七八辆，摩托十余部，有浓妆女子出入，原来是营造“夜生活”的所在。许多“场面”上人白天也“上班”、“跑街”，却喜欢深夜在杯光交错、衣香鬓影之间潇潇洒洒拉交情、谈业务、讲“公事”、订协议，有来有往，费不必出自私囊。聪明的老板自然要动手掏了。

那天我乘“中巴”，一女子上车坐我旁边。她面目姣好，年龄难辨，虽厚施脂粉却掩盖不住满面憔悴，眼窝黑得怕人，坐下来就连打几个呵欠，她戴着七只金戒，左中指竟挤着三只。腕上有金镯，耳上有金环，头上有金链，腿上有金圈。我立时把她和“夜总会”生活联系起来，并认定她正在孤独地安排已然开始老去的未来。

这也是我由于认识片面而形成的自我误导吗？但愿如此，阿门！

原载香港《大公报》1996 年 12 月 19 日

戏说“关键”

曾听见球赛现场评论员亮嗓朗声喝报：比赛看开局，打好开局是致胜关键。过了一段时间，又说：现在赛事过半，很关键，胜负就看这一拼了。将结束时，再强调：现在确实到关键时候了，胜负决定于这最后 30 秒。

由此想到，当年有位领导工业生产的官员做报告时也极喜欢说“关键”。争取开门红，是完成全年任务的关键；上半年为下半年打基础，五、六月份要抓紧，是关键；最后，大干一个月，超额完成全年既定任务，是至为重要的关键……

“关键”不离口，“关键”口号很响亮。初听感到很高深，到后来，就不是“很满足”了。

严格讲，一场比赛，一年生产任务，就特定范畴论，关键只能有一个。岂但竞技运动和工业生产，世间万物万事尽皆如此，关键存在于影响乃至决定全局、整体的决策、设备、人员、措施、时刻等等之中。一般说来，核设施，反应堆是关键；飞行器，发动机是关键；一个人，头脑子是关键；一班人，领导是关键。“关键的关键”、“中心的中心”论也曾盛极一时，但这只是故弄玄虚、哗众取宠的繁琐哲学，没有任何实际意义。若说是为了强调、突出什么，深下去还有“关键的关键的关键”、“中心的中心的中心”，以至永无穷尽，若然如此，那就纯属语言游戏了。

“关键”的多元论是出于对情况掌握和全局预见不充分，没把握，只好跟着感觉走，到什么山唱什么歌。这出于竞技运动现场评论员之口不足为怪。正如行家所说，体育竞赛充满了偶然性，世上没有绝对的冠军，胜负尚不可知的悬念可以吊足观众的胃口。谁都想看电视的现场转播，而对重放的录像兴趣不大。现场评论员不是算命先生，尽管自有预测，但不可能一估一个准。只能按照赛场上的实际及其发展、变化，做客观的叙述，或进行阶段性的评说；而不宜对比赛结果过早做出判断，或对整体进行评价。否则，极有可能忽然使自己陷于被动，不得不大幅度调整自己的语气。观察精细，反应敏锐，讲述真切，语言生动，较少套话而具新意，就应是一次成功的现场评论。附带谈一个看法：对参加比赛的运动员和运动队，只宜寄希望、提要求，而不好下任务、定指标。任务、指标具有“强制”性，“必须”至少是“应该”完成的，“强制”会产生“压力”。运动员、运动队背着“压力”上场，很可能放不开手脚，释放不出全部潜能。“压力”诚然是不可少的，但这需要他们自觉给自己施加。

抓工业生产不是搞运动，更不是做游戏，它具有竞技所无法相比的影响，也就负有无法相比的责任。环境复杂、情况多变更是不下于竞技，需要有更多更远的预见，更切实更有力的措施，靠“关键论”去领导不能解决任何问题。如果成不了行家里手，也就实际上丢掉了领导权。完不成指标、任务，甚至亏损，至少应以失职论。

从形式上看，竞技场上“关键的关键”确实有的。篮球比赛最后一秒钟，两队相差一分，而负方持有两次罚球权。两罚一中打成平手，两中“胜出”，两不中则“惜败”。这种情况并不太罕见，此时胜负系于罚球队员一身，可知其心理压力实在大得不得了啦。而在已激烈对抗 40 分钟喘息未定之际投这种球，体能、技巧、心理素质都可能是这位运动员当时的关键条件。对罚球结果，任何行家里手也只能是空悬着一颗心，而不敢论其必然如何。大概是 10 年前，中国女篮在一次国际夺魁之战中就遇到这种情况。那位平时罚球很准的中锋便两罚不中，中国队以一分之差未能捧杯，败绩的十字架，似乎她得背。

自然这是很冤枉的。40 分钟比赛中，当中不中的球很多，进攻、防守失误也不少，统观全局，每一传、每一投应都是关键，或称都很重要。说句可能是形而上学的话：你们在中间少一次失误，这场球不就赢了吗？苛责最后罚球失败者是不公的，“关键的关键”从来是不存在的。

原载《无锡日报》1997 年 3 月 24 日

“时与潮”等等

几十年前读初中时，向英语老师学得一句谚语：Time and tide, wait for no man。简译为：时与潮，不等人。全译应为：时间和潮水，不等任何人。既是勉人珍惜时间、把握现在，又有告诉人规律性的东西无法抗拒的意思。我国古语“子在川上曰：逝者如斯夫”和“时不我待”，两句合起来也就是“时与潮，不等人”。

想起了这句谚语，不免把它和“时代潮流”四字联系起来并加以比较。觉得在具有“无法抗拒”力量这点上是相似的，不同的是，“时与潮”表述的是自然现象，“时代潮流”则是社会现象，前者具永恒性，后者时刻在发展中。

人们衣着的变化应属时代潮流范畴之内。今年1月中旬，德国“足球皇帝”贝肯鲍尔访问北京，接受中央电视台记者独家采访，当被问及此来与20年前那次访问观感有何不同时，他开口就说人们穿的大有变化，当年都是“四个口袋”的深色衣服，男女分不清，现在国际上有的，北京人都有了。在场人听了都大乐并鼓掌。

这位“皇帝”态度是友好的，还就此问题谈了许多。他关于穿着的话虽未免夸张并有意表示幽默，却是一语中的。直观印象，也具真实。

他说的“四个口袋”是指1977年时。事实上这种样式我们已坚持用了近三十年。也正在这前后，化纤工业的发展缓解了棉布不敷分配的困难。“涤卡”裁制的中山装穿在身上，显得非常挺拔俊俏。如挂上条花围巾，罩上件玄色“雪花呢”及膝大衣，格外英俊。这种装束一时成为新潮。

服装厂轧准苗头，大量生产“四个口袋”的涤卡上装，价格便宜。不少人就一买三两件，以便更换或准备穿上若干年，因为看中它可经久不烂。但“经验主义”毕竟不行，这一宝没有押中。时隔一两年，新潮袭来，夹克衫兴起，单夹皮棉，五颜六色，款式新颖，实难抗拒。于是还堪称崭新的“涤卡”连同“雪花呢”都被压入箱底。

也就在此时，一潮带来“风衣”。这种适合于春秋着用的“米黄大褂”罩在夹克衫上，非常得体。无论男女，都买上一两件，穿时腰带一般不系，但也不取下来，而是把两端拉到背后扣起。双手插入袋内，漫步街头，潇洒之至。

又不久，又是难以抗拒的一潮涌来，严格意义上的西装（一般而论，夹克、风衣都是西装）普及，一时间，凡在单位拿工资的几乎人拥一套。打领带结成为一种专攻的技术。但此潮影响面虽广但欠力度、深度，不少人感到穿这玩艺别扭而且麻烦，夹克复又兴盛，西装上下分开当便服用。只有从事公务、商务活动的人在郑重场合才着用标准西装。至今，夹克便装和正规西装并治天下；质量上西装占优，数量上夹克领先。

可以肯定地说，至少在我们住的城市，“四个口袋”、风衣、呢大衣都极少见了。如果有谁“反潮流”着用一下，走在街上会感到孤独。

摆在历史里看，几年、几十年都是短暂的。潮来潮去，也都只算倏忽一瞬，但谁也摆脱不掉它的控制。大概其他潮、风亦然。

原载香港《大公报》1997年2月20日

寻找突破口

从书籍和电影中得来印象：打仗是很讲究找突破口的。无论是进攻还是转移，常要找敌方兵力最薄弱或其两部结合地区打。且先派出侦察员把情况切实摸清，或不派人而取“火力侦察”办法。

记的这个印象是否对头，不敢说。所以提到它，是感到“突破口”三字在社会上、在一般百姓中间时而可以听到。不妨举个例，以示真实，而非妄谈。那天我在粮站加工部排队买馒头，听见营业员大姐正和一个过路熟人朗声交谈。那熟人好像有什么为难事，愁眉苦脸。营业员大姐斩钉截铁般提醒道：

“找个突破口不就行啦吗？”

熟人更显为难：“找不到呀！”

“找不到使劲找嘛！没突破口怎么行呢？”

不必再多说了，“突破口”就是“后门”的新名称。可见万事都在发展，不是总拘于一格。老百姓有什么太大的为难事，或什么过分的要求呢？“开门七件事”一般也能解决，再高一个档次，也无非是涉及子女、居住、岗位、待遇之类的问题，要解决也都有政策可依、规章可循。无奈现在许多事按通常手续往往办不通，或办得不痛快。会受到种种“管卡压”，或给个大钉子碰，一碰一个趔趄。正路不通，便只好走曲径。曲径通幽处，风光自不同。便是眼下挂在老百姓嘴上的“突破口”了。

这是个发展，且极合乎逻辑。过去摸到后门由中介人带领，或自行进入，说几句好话，大不了拎上两瓶好酒，一条好烟，事情也许就办了。人情物情，还是人情当先。现在这样办大都不行，摸到口子必须进行“突破”，突什么口子须出多少血，竟也都有一定行情，较少畸重畸轻现象，欲办者不必过分斟酌，随行就市，按商品经济原则办就是。再明点一下，便是做买卖有时价。

“突破口”需要“找”，也是条至理。打仗要派侦察员把情况摸得十分准确，才能确定位置及作战方案。老百姓为把事办成进行“突破”，也并不容易。第一务须找准，万不能错位；第二决不能怕牺牲，总得投入相应的代价；第三时机定要对头，不可带任何随意性。不知那位营业员大姐的朋友是否找到了突破口；想必总可如愿的。堪忧的是办事寻找突破口会成为社会定例，以致“我为人人，人人为我”形成各弄其权，互相突破。这就难治了。

原载《今晚报》1997 年 5 月 30 日

我看仁寿智乐

一位朋友的客厅里挂着一副对联，是已故著名女书法家萧娴老人为他夫妇写的，铁划银钩，于雄浑中见秀丽。

联曰：

知者乐仁者寿，居之安资之深。

朋友酷爱京剧，且好客，客厅每周开放一个下午，戏友会集，操琴打鼓，高歌一番。我每会必与，进门迎面壁上便是此联，印象既深，便不免暗自琢磨“知（智）者乐仁者寿”出于《论语》中的“子曰”。萧娴老人是康有为先生弟子，国学功底深厚，生活道路漫长，今年辞世时已行将百岁，此六字当已化为她对人生的感悟。那下联便可能是对朋友的期望和勉励。

想来，智者是指头脑聪敏，见事明快，对生活的理解、反应较活跃迅速，善于发现和创造，故而容易获得更多的乐趣。这样理解也许有一点道理，但也不一定。“仁”，就更麻烦，争论不少，它是孔夫子思想体系根本要素之一，他老所以一直是个有争议的人物，与他的“仁”之论大有关系。且撇开这个问题，看看他所论的“仁”。从《论语》中可知，他是多角度对“仁”加以阐述的，最简单的是对樊迟问“仁”的回答：爱人。

说简单其实不简单。从这两字可衍生出许多意思来，如同情、友爱、互助、宽厚等。而他的“爱人”似并非漫无边际。“巧言令色鲜矣仁”，对花言巧语胁肩谄笑以讨好于人者就非常嫌恶。“唯仁，能好人，能恶人。”说明他那个“仁”有是非界限。由于能克制自我，战胜私欲，故能“仁者不忧”。无忧无虑，心地宽广，也就有了个长寿的条件。

纯粹仁者和纯粹智者大概没有或极少，倒是兼而有之的估计比较合理，但成色差异极大。大仁大智是圣人之材，难得的很；依次而下，或多仁少智，或多智少仁，或仁到被人卖掉还不知道，或智到“巧言令色”、“寡廉鲜耻”的地步，层次很多，难以说尽。看别人一时看不清，看自己又如何呢？更难。想当“仁者”实在缺乏修养，欲为“智者”又着实无能。那么向往追求什么呢？我想活到这个份儿上，还是该力求得到点“仁者”的功夫，以求过得比较心安理得而少些愧怍，至于能有几多“寿”，就非自己所能把握的了。

朋友那副对联的意思，每每在脑海里出现，高山仰止，只能当个鼓励自己好好生活的箴言。

原载《苏州日报》1997年6月16日

真真假假，假假真真

真和假这哥俩相辅相成，互为依托，无真就无所谓假，无假也无所谓真，这是从道理上一般说说，很难表述准确。就实际情况看，真和假都普遍存在，且构成极其复杂、极其微妙的关系，真的旁边蹲个假的，虎视眈眈，时刻欲取而代之，有的真中掺假，也有的以假充真，甚至于瞒过天下人，都把那假透的货色当成硬邦邦、响当当的真家伙。

据说某地头头宴请贵宾，主人抓着茅台酒说了一通关于此酒之美的话，便交由服务员开瓶斟酒，主人祝酒后请大家干杯，入口之后，全座面现惊诧，主人大为尴尬，原来是白水一瓶，这个笑话来源不止一个，都言之凿凿，有眉有目，我都不予置信，但我绝不怀疑，要喝真正的茅台酒，唯一的办法是到茅台“原始厂”的仓库去提货，这就看谁的本事大了，而“茅台酒”则随处可以买到，要多少有多少，一斤装的，北街大商场标价三百五十元，菜市两家“连锁店”一家标二百九十三元，一家标二百二十元，盒上都有“飞天”图像，人家说，用不着查，统统是假货，要不然就用不着远远跑到贵州或北京去走后门了，要打他的假吗？就是打假大王王海来了也不管用，这些商家正憋着劲打王海的假呢。

三百六十行，行行有假，干工作有报假成绩的，打比赛有踢假球的，当裁判有吹假哨的，据说归根到底是为了钱，别看他装的像那么回事，但明眼人一瞄便知是假，就看管事的是否认真。顺手举个在电视上亲眼看到的例子，是洋人的，很富典型性，此类事中外难免，说说不影响主题。西亚两支强队打比赛，一方中场断球，前锋带球“单刀赴会”，对方两后卫左右夹击拦截，情况紧张而好看，三人刚刚冲入禁区，该前锋扑地便倒，情况突然，全场肃静。

其实，明眼人早已觑了个清楚，喊道：“假摔！”下面就要看裁判的处理了，他可以有三种选择，一是将作假者红牌驱逐出场，至少黄牌警告；二是判给做假一方踢个点球，这样他可获大利，但足可导致一个球致命的大冤案和球坛上的大丑闻。这二者他都未用，而从容采取第三方案：视若不见，比赛继续进行。

这裁判精明而又滑头，看清了假货但未让他得逞，又网开一面，放了造假者一马，所以不能算合格的执法者，应该受到责备和处分。当然他可能为自己辩护，说双方有错，处理正确，这就分明也在说假话了，此事只能到此为止。且借它扯开去，打假之事，现在看来比当初设想的难上加难，假的太多，法难责众。但抓典型仍不失为一可行之法，50年代初杀了地师级干部张子善、刘青山，风气为之一正，多少年很少发生贪赃行贿之事。如果上述那个裁判精明且正派，满可以把那个假摔的当“法子”，立即出示红牌罚下，树一个榜样，或能使他人有所警惕，对自己有所约束，在端正球风上起到难以估计的作用。

说难是不假，若说对大的根本没法治，就是敷衍话或欺人之谈了。

原载香港《大公报》1997年8月24日

第一和首席

人往高处走，也希望自己所欣赏的事物往高处走，至高处是第一或称首席。这是非常美好的境界，蕴涵着责任地位、权力、荣誉以至金钱，所以往往令人向往不已。

在社会上，第一实际是无处不在的。单位有领导班子，还得有班长即第一把手，剧团光有一批棒演员不行，需要有个领衔的，足球队里要有一个核心人物，大家听他、服他，才能形成“一盘棋”，足球界人士觉得此事不易。音乐团体里首席歌唱家、第一小提琴都是明确定下来的，不能含糊。不论哪方面的第一或首席都是通过比较、选择、竞赛以至斗争形成。唱歌谁获得听众最多谁才有资格位居首席。公务人员或者竞选产生，或者出自人事部门选拔，当然都得择优，不能选无能之辈，更不能要贪官污吏。斗争也常是难免的。“四人帮”的为乱实质上是篡权，当老大，任首席，以实行他们那一套，打倒他们，当然就是斗争，不可调和。

如果细研起来，任何第一或首席的产生都具不可调和性。总是强者、能者当先，否则就不符合客观规律。

一部《水浒传》很能说明这个问题。不断排座次，就是不断明确谁坐首席即第一把交椅的问题。王伦开创梁山泊，他比杜迁、宋万、朱贵都能，自然坐首席。嗣后来山投靠的林冲，各方面都比他强得多，为了保位，他自然不敢留，经林冲苦求，才收下来，安排坐最后一把交椅。晁盖带着那帮犯了“王法”的哥们来投，他更加不敢留，又使出礼送下山的老招。这帮人却是不好惹的，强龙压了地头蛇，自然是晁盖为尊，但局面并不大。宋江可以说是晁盖为了报他报信救命的恩，三番五次请上山来的。晁盖毕竟是个“土老帽”，头脑简单，性情刚直。宋江则在县城为吏多年，人情练达，世事洞明，上了山就抓住吴用作为助手，把大小权力毫不客气揽在手里，仍尊晁盖为第一把手。这空头首席坐着实在难受，先是忍耐，后来矛盾表面化，结果是赌气而又冷清地征讨曾头市，中毒箭而亡。宋江安安稳稳当了梁山泊主。至于后来一再请卢俊义为尊，不过是按晁盖临终所说谁替他报仇谁当头的遗言，敷衍一番而已，即便众头领同意，这个被“赚”上山的光杆大员外也会有自知之明，万万当不起的。

实际上这座次之争，背后仍是方针大略的矛盾。宋江上山是为的下山，发展实力，争取朝廷招安，晁盖则是要造反的。这一点施耐庵其实已经安排好了。“天降石碣”——地位排定以后，作者写了一篇对梁山泊“好处”的长赞，里面有云：“在晁盖恐托胆称王，归天及早。”必须让他早死，宋江纲领的贯彻才无阻力。“一山不容二虎”，“天无二日”，一机构不可有二首席，无论从理论还是从实践看，都是成立的。

自然界有不少事物，譬如名胜景观，古人常喜欢为之评定名次，决出第一或首席。当时是否有不同看法以至争论，已不可知，但想来矛盾不致激化到不可调和的地步。位于秦皇岛的山海关标名“天下第一关”，古北口的铁门关就其雄与险而论不见得逊色。陵川县有“太行第一峰”，偌大太行，峰峦万千，危岭不可胜数，所谓第一，也只能是相对而言。唐代茶专家陆羽评定无锡惠山泉为“天下第二泉”，而以镇江金山中冷泉为天下第六，其后的茶专家刘伯刍则定其为天下第一。中冷泉又何乐而不接受。专家们或有议论，但无锡“天下第二泉”和镇江“天下第一泉”都打出自己的牌号，相安无事，至于公不公，只有天知道了。究竟谁是第一首席，现在有谁去计较？

天下许多事，很不宜于强行排名次定首席。京剧四大名旦是经过长期舞台检验，复经报社发动观众投票选举，又有专家参与，形成梅、程、荀、尚的格局，但说梅兰芳领衔则可，称梅为“天下第一名旦”则不可，梅兰芳自己怕也不愿接受。观众投票多少仅能作为参考，而崇程者也不在少数，尊某某第一未免武断。现在封第一、炒第一的仍然时而可见。电视广告里，几个厂家都在叫本厂产品产量出口量或内地拥有量居第一位。第一姐、第一丑、第一嫂之类也不少。以天下之大，能人之众，轻易打出第一或首席旗号，实属不智之举。无奈这名分实在诱人，打一打也实属难免。街上有个小小面店，居然亮出“天下第一包”的招牌，其实那包子了无特色，唬人而已。

话再说回来，第一和首席确是有的，让它按照客观规律，自然涌现吧。

原载香港《大公报》1997 年 9 月 3 日

陈寿为诸葛武侯立言

——读史杂感

历史是什么？历史就是过去。“过去”飘忽而过不见踪影，抓不着，想重温一下更不可能。“青山遮不住，毕竟东流去”。将来也许有一天，科学发达到能随时随地从现象到本质完全将现实记录下来的地步，历史随即入库储存。这当然还只是设想或通常习惯说的“梦想”；其实要算梦想的话，还真可称吉言，不是许多被称之为梦想的事，都已成为活生生的现实了吗？

梦想成为现实前终归是梦想，且不去说它。今天要了解过去，还主要靠读史籍，辅以看文物，真应该向古往今来致力于历史材料的积累和编纂的人士表示衷心敬佩与感谢，没有他们的辛勤劳作，我们就不知道过去，不知道祖宗，而以为万事皆出于我，皆备于我，大大骄傲起来。

自然历代治史者都不可能两手空空把书写出来。他们必须充分利用前人的积累，不够用就亲自跑出去搜罗，再不够就想象、虚构，把疙里疙瘩的地方圆起来，而出于客观要求和自己观点上的原因，当详者略和当略者详的情况也不可少，为贤者讳为尊者讳的情况总是难免的。司马迁是大有胆识大有才华的史家，具有高度的敬业精神，也不敢说主要由他修撰的《史记》完全符合历史的实际，或分寸把握完全得当。近期的事他不能不考虑客观的制约，远期的事则又可以浮想联翩，放笔驰驱。他写的《鸿门宴》那一段，可以说足以让人透过文学见历史。李广是近人，司马迁因给降匈奴的李陵辩护身遭腐刑，李陵祖父李广并没有特别突出的业绩，但《史记》中写了汉文帝对他的赞叹：可惜你生不逢时，若是跟着高祖皇帝打天下，封个万户侯不在话下了。再加上太史公给他写的特高评价，“李广难封”便成了千古之叹。这里面很难说没有太史公的感情成分。

陈寿修撰《三国志》时，已有前人修的《魏书》和《吴书》，可资借鉴，偏处西南且力量单薄的蜀刘无史，资料也少，想来与诸葛亮忙得顾不上，别人又管不了有关，这就决定了陈寿必须亲自收集资料，他是跨三国西晋两代的人，蜀地又是他老家，但事后找材料毕竟不容易，和魏、吴两书相比《蜀书》便显得单薄多了。能在这样条件下成书，有些章节还很精彩，也真不愧为大手笔，但对这尽管有着很高价值，了解过去必须研读的史籍，有些内容还是可以琢磨一下。

编选古散文集，大抵不会漏掉《隆中对》，这就是俗称“三顾茅庐”的刘备访问诸葛亮，请教如何成霸业的故事。隆中对，实际上就是诸葛亮在隆中的“答刘备问”。陈寿用叙事的手法，写在《蜀书·诸葛亮传》里，这一段的主体便是“亮答曰”那三百字，非常精辟也非常令人信服地讲了天下大势，力量对比，进取方向，战略策略，最后目标等，今后几十年的事，似乎已然成竹在胸，了如指掌。而据陈寿在《蜀书》里的记载，事实的发展竟与诸葛亮的预言完全吻合，只不过刘备早死十来年，诸葛亮继其遗志，未竟早亡而已。《隆中对》里的“亮答曰”三百字预测是蜀刘发展行动纲领，自然有其根据。但出自何处，未见交代，作为有“良史之才”的陈寿，拿到原始资料必然细心推敲，精心创作，瞻前顾后，保持一致，才得以做出这一千古名篇与历史佳话。至于陈寿在创作过程中是否有后人惯说的“事后诸葛亮”式的运作手法，就更难以知道了。

诸葛亮出师伐魏前给蜀刘“后主”刘禅上的《出师表》，也成为一篇有名的古散文，这是他自己给皇帝上的表章，虽见之于陈寿修的《蜀书·诸葛亮传》中，抽出来仍要署上诸葛的名字，否则就是侵犯了人家的著作权。《隆中对》虽然以诸葛的答对为主，且明明白白有“亮答曰”字样，但必须承认著作权属于陈寿，即使含糊一下不予署名，在“作者介绍”一栏中也是要交代清楚的。

所以可以肯定《隆中对》里那三百字“对策”是陈寿替诸葛武侯立的言，或称代笔，他们在隆中密谈时是否做过记录，已不可考，如果有之，且被陈寿采集到，隆中对一段当另是一番笔墨。代笔的真实性总该打几个折扣，所以对之满不必过于当真。

这种矛盾是充满了各种史籍的，但既需了解过去，还是得借重它们，也只好当个参考罢了。

原载香港《大公报》1997年9月22日

话说“脑袋瓜子”

人脖子上顶着的那个外有七窍、内有脑仁的球形物，称“头”，辞典解释为“人体的最上部”。

北方俗称“脑袋”或再加一码，叫“脑袋瓜子”，就更为形象，进而引出一个“瓢”。所谓“开瓢”，打破脑袋之谓也。我乡太行百姓早年称此物为“地脑”，不知如何得来，言之不通，便自然被淘汰。古代有“首级”之说，似乎是打仗计功时才用。功之大小要看斩获多少，还要论质，斩得上将最好。数与质是计功的重要参数。头不好带回来，就用耳朵代替。左、右及形制均不同，所以不好虚报成绩。有枉杀百姓以充敌首的。此类弄虚作假行为，素为名将所不齿。“首级”二字无论古今，都进不了生活用语行列。如说：“我的首级有点疼”，就很别扭。

称“头”已然简到不能再简的地步。照理应说“人头”，以与其他动物（有人惯把人排除于动物之外，窃以为不妥）区分开来。“挂羊头卖狗肉”、“牛头马面两边排”、“砸烂你的狗头”等名句中，“头”前的修饰语皆不能省，否则意思含混不清，或棱角抹平、特点消失。盖都有出典也。

这个头极其重要，在全身领袖群伦。头在人在，头亡人亡。所以万不能掉以轻心，而需着意保护之。头内有大脑、小脑、脑干之属，分领风骚。“脑子出毛病”，虽生犹死。有人深明此理，“抓”人先“抓”头，否则便是不得要领。

比如曹操这个头脑子很好使的强人，就极善于驾驭他人的头。在《三国演义》和戏曲舞台上都有上佳表现。我最难忘抗日战争期间，在河南内乡西峡口镇（现在以出恐龙蛋化石名闻遐迩，且早已撤镇改县）的一座庙台上一次演出。是个流亡的草台班，作风比较野。《战宛城》演到“马踏青苗、割发代首”时，曹操率诸将“趟马”后在台口亮相。手抚大将典韦之头，把他激到“哇呀呀”大叫，竖眉立眼做凶猛状。看来这就是今天所说的“调整情绪”，使达到最佳的临战状态。我所在城市当年举行批斗牛鬼蛇神大会时，总有一个伶俐的角色在台上招呼。当“勤务组”成员喊把某走资派或某牛鬼蛇神“揪上来”时，此君就趋前拿住被“揪”者之头，领到台口亮相示众，再推到应站的位置上。“勤务组”按名单喊个不停，他手脚就忙个不停，台上如同两个车轮在转，井然有序。一段时间内，批斗大会的拿头任务竟由他一人包揽，成为专家，从未出过差错。不知当时是否被提拔到要紧岗位，后来境况又如何。

对自己的头自然都很珍重。《三国演义》里那个武圣人关羽（作者总称其为关公），被东吴砍掉脑袋后，魂灵儿还不断在空中高叫“还我头来”，他的头是为结义大哥刘备忠实服务的，要头还是为的那个“义”字。

关羽的出发点还算比较好的。人从娘肚子里生下来，一般先出脑袋。落草以后，如正常发展，则总是带着其父母、祖先的遗传因子，但初期还是处于混沌状态。以后便渐渐受到调教。父母的、学校的、社会的，有主见后还有自我调教。这是建立于“自知之明”上的运作，最为关紧。脑袋调教得好，正气占主导地位，会给社会、人类做出贡献，成为有益的人。调教走了邪路，脑袋里长了坏水，就糟糕得很，势必捣蛋、添乱，成为社会害虫蠹虫。如果不承认有坏水，甚至自我感觉良好，就不妨用时下提倡的做人标准，给自己的脑袋做些评估，是正、是邪，是净、是脏，达到何种程度，自己定个说法，以正今日，而惩未来。

搞好脑袋瓜子，客观上的制约力量固极重要，自我调整也万不可少。子曰：“吾日三省吾身”，确是句好话。但每日“三省”未免过繁，而今生活的节奏又特快，也没有这多时间。其实每天晚上看完电视，临上床时稍微“省”一下当日思想言行，持之以恒，也颇难能可贵了。

原载香港《大公报》1997年10月31日

惩办的次序

不久前见有报载，某省一负责同志在一次全省纪检书记会上，严词痛斥迎来送往风，说今后哪个地方负责人再对下乡领导迎来送往，先撤了他的职，因为这是腐败现象的表现。

这位负责同志的意见是极好的，指出一种时弊，表示严治决心，恶百姓之所恶，责百姓之所责，想民所想，符民所愿，既是本分，也很难得。

所指腐败在人员上有两个层次，先是省级领导要下乡，还没出城，将要经过的地县领导已早早在公路上站班，准备迎进城送出境，原来只一辆面包车，现在是警车开道，小车蜂拥，招摇过市；如今地县领导下乡，不少县乡干部也如此这般，依样画葫芦。在工作内容上，本拟深入基层，接近群众，这种下法，只能是吃吃喝喝，转转看看，其结果肯定事与愿违，老百姓不但有话不讲，不在你背后戳脊梁骨骂就算好的了。

此类迎送礼节，确有表示尊敬之意，而据我所知，对于有相应身份或尊贵的客人，在这方面也是有一定规格的。一位科学界的朋友到外地甲县去看看，那里分管此事的副县长就出面迎送宴请，事毕又有邻居乙县邀，甲县便专车送到公路界碑旁，转登乙县等候的专车，掉头风驰电掣而去，到后接待标准一如甲县，对科学和科学家可说极尽尊敬之情，无可议论之处，只是县界上一送一接，有点像电影里移交某种特殊人物的镜头，感到好笑。到了今天的时代，何必弄此繁文缛节？一车送到位，岂不既省时间又节约吗？对行政领导，则除了表示尊敬之外，实还含有保证安全之意，尽管上面三令五申，不准弄这一套，保不住下面完全放心，民谚所谓：菩萨不来想菩萨，菩萨来了敬菩萨，菩萨走了谢菩萨（保佑了平安无事），领导带的那辆面包车后跟的地方上一大串小车里，肯定有得力的保卫人员，这也不能怪人家多虑，万一出事谁担待得起？

所以，我想接着那位负责同志的好意见补充几句话：领导人员下乡，当然是调查研究，访贫问苦，似不必事先通知地市县乡，目标既定，可轻车简从，径行前往，谁都不惊动，到了找村长说明来意，请介绍情况，帮助安排，事后向地县通报一下，就算告一段落；如果出发前先通知，尽管千叮咛万嘱咐，也难保其不考虑，即便是礼节上的迎送、准备、保卫、宴请，防备不及，摆脱不掉，要掌握真实全面情况的愿望怕难以完全实现。轻车简从一步到位和微服私访完全是两回事，前者直接深入群众，了解实际，后者是小说家言，即或有之，不过便衣上街，听听看看罢了。

提出谁再对下乡领导迎来送往就先撤了他的职，精神自然值得百姓推许，但构成迎来送往并非单方面的问题，有搞的就有接受的，既往固可不究，今后如发生此类事件，似宜按所说“问题在下面，根子在上面”的精神，先撤接受迎送宴请的上面官员的职，再办下面有关人员，或更为得力。

原载《世纪风采》1997 年第 11 期

喝彩的艺术和艺术的喝彩

武剧《挑滑车》中，岳飞首席大将高宠在紧锣密鼓中突然将金兀术首席大将黑风利打了个空中转身嘴啃泥，锣鼓骤停，高宠“亮相”，在这短暂的静寂间，台下不失时机地响起了一声“好！”气发丹田，高亢嘹亮，声惊四座，紧接着是与之相呼应此起彼落的喝彩，伴着一阵掌声。如果演员是“有价值的”或虽非十分有名，但演出中有超常表现的，也能获得观众的热情鼓励。《武家坡》中薛平贵在台后唱“西皮导板”，“一马离了西凉界”，有可能得一个喝彩，摇着马鞭潇洒走出台来，还可能得一个。

极可能是自己独特的内涵和风貌所决定，京剧是一种特别需要喝彩的艺术，不仅需要掌声和笑声，更需要那出自衷心、发自丹田的断喝：“好！”喝彩的动力是高质量演员的高质量艺术奉献，以喝彩声回报的是深受艺术感染和激触的热心观众。怪声叫好是具讽刺性的不文明行为，热烈喝彩是演员和观众联手营造的正常剧场气氛，一场京剧演下来如果场子里始终严肃、沉默，或只有几阵有节制的掌声，那就不出两个原因：或为礼貌所拘，或演出失败。

我曾与多位京剧演员探讨过这个现象，众口一词：喝彩是正常的、必要的，台上演员之间必须用眼神相互交流，谓之“过电”不然就显得虚假，更出不了感情，演员看观众是表演的大忌，观众眼睛则会紧盯着演员，喝彩声是观众与演员情感最强烈的交流。这是良性循环的表现并极可能贯穿全过程，使演出获得成功，问是否喜欢观众喝彩？十之八九答说当然喜欢喽，问不怕喝彩声搅了您的表演吗？答说咋会呢，喝彩越多演得越起劲。

也问过不少资深且已窥到一些堂奥的戏迷，为什么不用掌声或别的方式，而是以突然爆发的喝彩声来表达对演出的极度满意之情呢？这大概是个难以表述清楚的问题。但对喝彩都是坚决的拥护派。归纳起来可有几点共识：第一这是老祖宗创造的传统表达方式，我们继承了。第二京剧唱念常出现具有强烈节奏的美，用节奏强的喝彩声去配合并予鼓励，有可能把全场表演与欣赏者的情绪推向高涨，获得艺术上的更大满足。第三运足丹田之气断喝一声，是宣泄在胸间涌动的美好艺术情愫最有力的方式，一吐为快。

喝彩有很多讲究，也可算艺术。

锣鼓已经响起，角色尚未出场喝彩声便起，这是表示对演员的欢迎与期望。出台前简短的一句唱或念，即如《武家坡》中薛平贵那句高亢入云的“一马离了西凉界”和王宝钏委曲婉转的白口“有劳了！”所得喝彩声称“闷帘好”。出台亮相获的喝彩称“碰头好”。《宇宙锋》里赵艳容唱“反二黄慢板”可能“一句一好”。《秦香莲》里黑老包训斥陈世美唱的那激越的大江怒滔般的“快板”，情绪急速注入观众胸中，待到了“将状纸押至在爷的大堂上”，犹如斩铁截钉，观众郁积的块垒随之一齐吐出，出场喝彩声掌声汇成一片，俗谓“炸窝好”，有“全场空气要爆炸啦”的意思。

彩喝在点子上才算得力。如果是四句重要唱腔，通常在一、二、四这三句上着力，有可能得到每句一好，第三句常是一般的“过渡腔”，想来也是有张有弛、不使太满的意思。有的观众受剧场气氛的感染，对第三句也发力喝彩，使得全场惊诧，侧目而视，这就很不艺术，大煞风景。

演出质量自然不能以彩声多少为准，演员风格和剧目构成起着很大作用，梅兰芳的唱与表演虽雍容华贵，但无愣角与大起大落，晚年尤表现为浑然天成、“大智若愚”，常呈现出一种整体上的美，很难在其一段演唱中间报以喝彩声，只宜于在完成这个段落以后用热烈掌声表示感谢。尚小云具有豪爽风格，在“西皮”板式的唱段中，最后两句常用长而复杂的大腔，长抒短转，反复迂回，兴尽而后收束，总能起到“炸锅好”的回报。

只要是京剧爱好者，看到精彩表演而动心时，可能都会产生用适合他个性的方式将这心情传达给演员的欲望，一些身份比较特殊的观众，未必没有大喝一声、一吐为快的要求，只是考虑到“影响”，未便出此一举，便加以克制，其实是很动了情的。有不少中年和青年人很了解京剧是喝彩的艺术，并精于进行艺术的喝彩，对京剧来说，这是个好兆头。

原载香港《大公报》1997 年 11 月 20 日

镇级领导的“豪华阵容”

一位工作人员到某县调查，听说这个县的城关镇有三十二个副镇长，这些镇太爷大概不仅吃粮而且干事，因为文章说了，不在职的还不在其内，做个保守的估计，总数当在四十名开外，足足超过一个加强排的数了，真是蔚蔚然大观乎哉！（见《半月谈》今年第9期）

三十二名副镇长，按时鲜的说法，真真是个“豪华”阵容。如何运作，尚未见报道，不知其详，姑且作一想象，以待将来据事实印证。

三十二名副镇长，当是各管一口，各领一方，麻雀虽小五脏全，而想来此雀不会太小。工、商、财、税、科、建、文、卫、公、检、法；监察、检查、环保、计生、邮电、广播、检疫、农机站、卫生院等等，这些行政和事业单位，加上打假办、扫黄办、整顿乱收费办、镇容办等临时所设立却又有可能长期存在的单位，总起来就会超过三十二了。各职能部门虽皆有首长，但上面有个镇领导掌握，岂不显得更重视也更体面?

三十二名副镇长，开起全镇干部大会来，分坐正镇长两边，是主席台上的最前面呀。至于主任、科长、厂长、经理、站长、院长、场长、校长以及主要的村长，合在一起，再加以控制也得三十二再翻一番，百十来两级主要领导坐主席台，面对台下两三百脱产和不脱产的干部，话筒和扩音器调整到最佳状态，几部摄像机一齐扫描，次日通过有线系统向全镇市郊播放，真是够体面。

三十二名副镇长，总不能稀里糊涂一锅煮，桌子板凳一般高，定下谁是第一副镇长，谁又是第二,一直排到第三十二位才好办事，在文件上列名，在会议上排座，也才有据可依，有序可按，否则即便副镇长们风格高，不计较，下面办事也为难，故而下面的人常常为此抓耳挠腮。所以即便再麻烦，这个座次还是应该认真排一排才好。让人头痛的事总还难免。“同志”的称呼早已不太时兴了，大小都喜欢喊个官衔，且最好把那个副字略去。可恨咱们的姓氏分配差距越拉越大，“李”成了第一大姓，张、王也经常可闻可见，四十名左右的副镇长中，说不定有几个姓李的和姓张的，假如是这样的话，就不免经常让下面干部为难了。

三十二名副镇长，在行政、生活待遇上的棘手问题也不会少。提资、分房、用车、出访、接待之类的事，总要保持大体上的平衡才好，不然很容易导致心理上的不平衡。三十二名副镇长的格局竟能保持下来，集体很稳定，拧成一股绳，那位正镇长老成练达，处理有方，非常难得。

原载《今晚报》1997 年 12 月 18 日

判断

经分辨清楚后而认定之，是谓判断。如果是涉及人或团体的命运的事，就应非常严肃加以对待。法律范畴里的“断案”，一审判决后有容许“上诉”或“抗诉”等程序，经再审理、再分辨后进行最后的裁决，以避免冤案发生。古代也有这个精神。近些年来经常在舞台上出现的《杨乃武与小白菜》，即有事实根据，并非全属杜撰。杀头之判经多次复审得到平反，断错案的官员受到惩处。

需要判断裁定的情况，生活各个领域都有。国法而外，有党纪、校规店律、家法等，都具有约束以至制裁性质，连打球都有规矩法度。只是没有个球法的词儿，把执法的称为裁判或“执哨”而已。但这类执法者都很厉害，哨声一响就算判决，一般没有啥改判的余地。足球裁判的权力特别大，一张红牌可将一个球员立即“驱逐”出场，一个点球极有可能导致一支原有可能出线的强队立即“卷铺盖回家”，一项有争议的判决可以影响整场比赛的局面，这一足以导致一个国家球迷喜与悲的权力，虽不能说“哨声一响，黄金万两”却挟有“生杀予夺”之威的气势，据说是国际足联给的，不服也得服，赛后放录像重议一下也不准，套句时兴话，足可以叫“判你没商量”，怪不得即使是大牌球星，想上去解释一下，见裁判要掏口袋，吓得回头就跑。伤心吗？回家哭去吧。

所以裁判是个很严肃很威重的差使，既要有公正之心，又要有良好的专业素养。观众可以谅解偶然的误判，而不允许吹“黑哨”偏袒哪怕是自己所“迷”的运动队。因为靠裁判弄鬼取胜是很不光彩的。

生活里充满了因随便一项裁决而影响他人一生命运的事。权力无处不在，只是多数并无明文规定，全在乎持有者以怎样态度去运用。比如说教育工作者，高小或初中教师权力就特别大，因为这个年龄段的学生“可塑性”特强，对老师如何看待自己极为敏感，尤其是班主任，因为确实拥有鉴定优缺点、安排班干部等“权力”，甚至一句褒贬、一个脸色都可能在学生心灵中引起反应。有个初中生，原来学习热情很高，放学后坚持与同学一起做作业，很受班主任重视，多次给予当众表扬，眼看当成“尖子”培养，前途未可限量了。只是学生中出了点不守规矩的事，主任又错误认定该生参与其间，态度立变，并进行家访当其父母面严厉斥责，该生自尊心严重受挫，从此不再认真读书，混到高中毕业了事，一个“冤案”影响了孩子一生。

真是任何权力都不可滥用，如果能想到自己的一言一行足以影响他人一生命运，甚至生死的话，就可能在“执哨”时更加严肃、慎重一些。

原载《扬子晚报》1998 年 1 月 3 日

“不可不”程式

这个“不可不”的命题，实际上是一表达结论性认识的简化方式，用途至为广泛，灵动，且具有一定随意性。这话听来极可能过于玄乎，应该做必要的说明。

在一个海滨城市开会，地方的与会朋友自然要尽尽地主之谊，陪同大家到当地“第一”名胜游览一番。“驱车”到达，信步而行，迤迤逦逦，谈笑间不知路之远近，来到要紧所在，主人开始指点江山，介绍沿革，也就似在不经意间盛赞了景色之美。正所谓“不点不知道，一点就明了”，忽然脑子一下明亮起来，而且立时感到“目不暇接”。你看，巍巍群峰环抱之中，时见飞瀑深涧。入眼皆绿，而时有奇花异草点缀其间，一切都在蓝天白云映衬之下。麻石板铺就的盘山路虽已历经千年，仍足供今人登攀，且复道多出，时而可遇摩崖石刻、古木虬枝。至于亭台楼阁、残壁奇洞之属，探访之后，再得闻究竟，更增雅趣。如有足力与探险精神，尽可转入林中小径，打草惊蛇以开路，攀藤援木以登高，手足并用，大汗淋漓，虽所费不赀，但满可登临奇峰之绝顶，极目观沧海，放声效龙吟，既尽得眼下现实主义大好景观，又可藉所得传说极浪漫主义无边遐想，其时其刻，足令神仙歆羡。

归来后大家对此行反应强烈，不少人兴犹未尽，以未能遍游各景为憾，希望继续作些安排，求得“到此一游”之圆满，而不负主人之盛意。此议原也在情理之中，不想主人几个字就把这个要求干干脆脆否掉。他说：

此处虽好，却是不可不去，不可多去。

主人语气颇显幽默，大家哈哈一笑也就罢了。后来又拾起此话一议，又觉得内中颇有些哲理。因为久慕其名，故而既然来到此处，便“不可不去”，乍识“庐山真面目”，自然觉得新鲜可喜，兴致上来，不免又生意犹未尽之叹。果真乘兴再去一游，入眼还是那些山，涉的仍是那股水，只怕又会产生“老一套”的感觉。所以“不可多去”，以便保持着那曾经“到此一游”的新鲜劲儿。此论大概适用于所有名胜古迹。画家尽有“十上黄山”的，他们为的是作画。若是旅游者，一般怕是一次也就够了。他已经满有资格说：不看不知道，真是“黄山回来不看岳”呀！

“不可不——不可多”的创意模式，真还具有一定的普遍效用。电视虽好，却是“不可不看，不可多看”，否则既伤眼力又耗时间。烧烤很香，但“不可不吃，不可多吃”，过了头容易上火。与好友谈天是一大快事，但“不可不谈，不可多谈”，谈得兴起流连忘返，就容易造成两不方便之势，反为不美。房地产的开发利国利民，但也是“不可不开，不可多开”，过了头反成国与民的包袱。凡事都宜讲点“中庸”之道。即便按宋代的理学家解释，中庸也不是折中，不是骑墙，也不是乡愿态度，而是做事的“度”，要恰到好处，无过无不及，过犹不及。多少年多少事证明这个度字不可等闲视之。由于头脑子发热而不去把握火候，甚至一意孤行，即便是好事，也办得大大糟糕，更何况本来就居心不良呢。

话扯得远了，但自觉大体未离“不可不——不可多”主题的原意。当然都指的是“可为”的事体。比如对麻将牌我是毫无兴趣的，但很多人颇喜此道，内地且已经成为合法的运动或称游戏，我仍然要说；方城之戏虽颇具娱乐性，嗜者仍宜掌握“不可不打，不可多打”的度。成了瘾会伤神，若再用钞票来调动积极性，那后果就更难说。据我所知，因心脏意外和脑意外猝倒在麻将桌上的并非奇怪的事。

原载香港《大公报》1998 年 2 月 18 日

靠啥吃啥

“靠山吃山，靠水吃水”原是句好话，大实话，靠着山不打山的主意，临着水不从水上做文章，吃啥？即使有别的生财吃饭之道，也不能把老天爷恩赏的这宝贝白白丢掉，就是要有个“咬定青山不放松”的劲头，就是要从它身上找出饭辙来。

还是说这个“山”的事。一位老农说：“靠山就得吃山，吃山必须养山。”话虽浅白，含意却极为深厚，前六字体现对山的价值认识问题，从反面理解，就是有人看不起山，认为它不长粮食不养人，没啥吃头，也就不想去吃它，又没有别的高招，所以老是受穷。回过头来说，要想吃饱肚子，还是得打山的主意。这又引发一层更深的意思：白吃不行，您也得给山做出贡献，或受益后予以回报，饭也才能吃得香甜，吃得长久，总而言之，吃它就得养它，光图好处不投入，没那个便宜！

也是从新闻媒体上了解来的。大意是东庄和西庄同样的自然条件，老天爷很公平，没有特意厚待哪个亏待哪个，每庄给架大山，但童山濯濯，没啥现成东西可供吃用，都长年穷得“没落”，正如说了几十年的那句老话：花钱靠贷款，吃粮靠救济。农村实行改革以后，政策放宽，深知山宝贵的农民不约而同向各自拥有的山讨起饭吃，正所谓：“东庄的山养人，西庄的山也养人”，两庄百姓都从大山得到好处，“越好越闹，越闹越好”，红红火火，都向小康疾进。

闹了几年，两庄的情况就截然两样了，根子就在一个深谙“吃山就得养山”之理，一个却是只会对山进行无情的掠夺。东庄村长很精干，见城镇大兴土木，急需石料，便向国家贷款抢先办起采石厂，这无本生意很能进钱，不但生活改善，还实现了半机械化生产，整日价炮声隆隆，翻斗车来往如梭，集体做出榜样，个体一哄而上，抢着啃这架山，这山虽然不小，资源毕竟有限，哪里经得起这样野蛮的折腾，不上几年，被整得千疮百孔，一塌糊涂，山主们再也无计可施，这时脑子才清醒过来，后悔不迭，捶胸顿足说，咱只图一时痛快，子孙后代可靠啥活呀！

西庄村长也是个精明人，东庄搞得那么热火，他能不着急，能不面对村民的压力？他何尝不能带着大伙做石头买卖，也先弄得村里富足起来？不同的是他脑子没有发热，而是多转了几个圈：开山取石固是个生财之道，办将起来皆大欢喜，可石头虽好，毕竟有开光的一天，到那时候真叫山穷水尽，任再怎么哭也来不及了。于是他带着村民用贷款进行“养山”，辟经济林，种果木树，沿公路办商店，修进山汽车道，一步步竟办成了个旅游点度假村，前景还要看好，大大沾了山的光。两个庄的经济变迁从正反两个方面验证了那位老农“吃山养山”论的正确性。且“好了越好，糟了越糟”，循环不已。而看来养山的文章并不好做，需要大手笔。要旨又在于具有实事求是之心，力摒哗众媚上之意，这尤其不容易。

同样的道理，“靠水”自然也要吃水。乍想起来，吃那洋洋不尽的河湖之水总比吃土石山岭便当，如办航运、养殖、灌溉等等。但据说也不尽然。山是不动的，所有权、使用权比较易于明确。水是流动的，难免因此产生一些问题，不管怎样，既靠上总是要吃的。若是从另一个意义上考虑，或当做成语、谚语来说，“靠山吃山靠水吃水”就成了辛辣的讽刺。最糟的是“靠权吃权”。虽说权力有大小之分，却无处不在。多少人吃起来，会把国家掏空，远比东、西庄的事情麻烦。

原载《今晚报》1998 年 3 月 29 日

关照“工薪族”

这里给工薪族三字加上了双引号，因为第一它是个不规范的提法，第二它意思很含混，包容太广太杂，容易使人理解为所有在国家、国有单位干活领工资的人员。如果是这样的话，便进了一个认识误区。因为无论是这个意义上的工薪族也罢，或称工薪阶层也罢，不同单位、个人间在经济收入上多有差别，甚至差别极大。当然从工资表上是看不出来的，而是合法甚至不合法的工资外收入所致。据此以谈消费和承受能力，往往扯不清楚。虽然按俗话说，大家都是“吃皇粮”的。

加引号，目的是说明此处乃是特指，即严格按照国家规定标准领取工资和奖金，再无“外快”的干部、职员、工人。眼下月收入几百元至一千元不等。在这种经济层次上的，就全国或就大多数城镇说，都居大多数，可认为已逾温饱正奔小康远未富裕，消费能力只能说是很一般。

他们吃了几十年“大锅饭”，领着低标准的工资，现在初有改善，但要用多少万元购商品房，自费去医院看稍微复杂一点的病，大都非常为难。对突然转入商品经济环境中这一大块人群的此类消费，国家在引导转轨时是非常慎重的，尽可能逐步去做，使之能够承受。近来有人发表宏论，责备一些“中国人”太富依赖性：谋职靠单位，住房靠单位，看病靠单位，甚至结婚离婚小孩入托都要找领导，大有提到“劣根性”上进行批评的意味。持此论者如果不是不懂历史，便是被自己的率先富裕蒙住了双眼。也就自然不懂得或者故意抹煞这样一个事实：他和一些人的率先进入富裕层次或一夜暴发，很大程度上得力于被他认为“依赖性”强这部分人多年不计报酬的无私奉献。至于因各种客观原因不得不提前或暂时下岗者的困难，他更不可能加以正视了。

面向，就是能看到他们，关照他们，任何方面办任何事情都不忽略他们的存在。唯恐落后挨打似地抢着盖起那么多大厦、大宾馆、大餐厅和公寓房，都与他们缘分不大。对率先富裕那部分人来说，又显得大大过剩。即便是采取“大减价”、“大甩卖”之类促销手段以广招徕，依然是看者多，买者少。在占城镇大多数的“工薪族”来说，对之并非全无兴趣。非不欲也，实乏力也。

一些聪明的经营者似乎已看到这一点，并就此在谋求出路，如也搞些中低档适销对路的货色或经营手段。不少原来弄得花里胡哨，准备在“口袋都已鼓起来的工薪族”身上大捞几把的餐馆，已改弦更张，打出“家常菜肴”、“随意小炒”的招牌，并推出价目表以示众，敬请放心。卖公寓房也采取优惠新招。虽属小事，却反映出一个都不得不走的大趋向。

道路还长得很，多数国人尚未达到小康甚至还很穷，不能浮躁，需要一步步踩实了向前走。

原载《大河报》1998 年 5 月 3 日

此衙内，彼衙内

据辞书解，旧时称官府的子弟为“衙内”。深一步研究，似乎几句话又很难说清楚。参照古典小说的描写，可以认为从上到下的主官多住在衙门里面，“衙舍合一”，子弟便是“衙内”了。《水浒传》至少提到过两个衙内，一是调戏“豹子头”林冲之妻、最终将他逼上梁山的高衙内，另一是“美髯公”朱仝在服刑期间伺候过的小衙内。高衙内是中枢军事长官太尉高俅之子，小衙内则是沧州最高地方长官知府之子，两个老子都有条件携眷入住衙中特为主官设置的“府邸”，儿子称“衙内”也就实至而名归的了。

单从“衙内”二字来说，应该算个中性词，或带有一定尊敬之意，一如“公子”、“少爷”之属，无所谓褒与贬。朱仝服侍过的那个小衙内是个可背可抱的孩童，将来如何，尚未可知。高俅家这个衙内则是个大流氓。而富贵官宦之家子弟也可能成为于世有用之人，单凭“成分”论人早经证为无效。

《水浒传》里那个恶公子有姓无名，就称高衙内，也许这样更见威风煞气。但作者给他的笔墨不多，难见全貌。戏剧家弥补了这个缺口。说是高俅之子高登，居住南阳，倚父之势称霸地方，兼以武艺高强，百姓畏之如虎。那天率领众护院教师赴蟠桃宫胜会，劫一少女，关在花园艳阳楼上。四位热血青年路遇不平，拔刀相助，经过几番苦战，杀死高登，拯少女于苦海之中，艳阳楼破灭。

两个高衙内都是淫棍，都是权倾天下的佞臣高俅之子，性格同中有异。京都那个有点窝囊废，逼奸遭拒，向老子撒娇讨主意。南阳这个可大大不然。他独立运作，"心想事成"。请听他率众去庙会时那几句唱：

"我父在朝为首相，

"亚赛东京小宋王；

"人来——带马——会场上，

"顺我昌来逆我亡！"

头两句表明来头之大，真是无与伦比，即便已明明僭越了皇上，都敢于以为自己标榜。后两句则表现他个人的施为与后果，绝对的以自我为中心，为所欲为，且具绝对的自信。

《艳阳楼》里高登这个角色，由武花脸扮演，讲究工架、武打、骄横霸道之气和好色轻薄之态，表演难度很大，能够把握得当的演员已不多，倒是在抢救传统剧目中间培养了个把小学生，教他几个跨马游街身段，聊存一格而已。

“衙内”这个词早已成为过去，该当淘汰了，但现在还被偶一用之，便不像“公子”之类或能当个特殊表达的中性词用，而是对不起，寓着大大的贬损以至斥骂之意，十多年前分别被判处死刑和死缓的杭州熊氏兄弟，便被百姓斥为“恶衙内”或索性直称为“衙内”。他们是高干子弟，本应为民表率，罪恶却不亚于戏中花花太岁高登。

当然，即便是当今的恶衙内也并非都恶到高衙内的地步，或比高衙内更甚者也或有之，情况不明，未便妄论。下述情况则足以“令人发指”。事见 1997 年 12 月 15 日《报刊文摘》摘录该年 12 月 8 日《工人日报》鲁民的文章。说的是陕西省一赵姓“衙内”率大概也算护院之流的人物外出游玩散心，要免费住馆。经理出面稍迟一些，手下人便“亮出牌子”来：“告诉你，小子，这是咱公安厅长的公子。”然后赵衙内亲自出面。这里只引他四句话掂掂分量：

一、“你小子点不清。”——原话如此，大概是地方语，“糊涂”的意思。

二、“整死你，就像踩死一只蚂蚁。”

三、“（你）打，出了事有我呢！”

四、“警长算个啥，叫你们局长来！”

总之是边说边打，打得经理住了四十五天医院。（有关人员认为）就这么大点事，“不必大惊小怪”。

到底是否值得“大惊小怪”，至少叫小小老百姓面对这个架势，难免脸上发黄、心里发跳就是了。您说他只是口发狂言，未必做得出吗？那可不一定，类似情况仅披露过的就难计其数了。咋办呢？看来也需要立个法，至关重要一条是追究身任各级各类要职的老子的责任，不教子或教子不严，恃权包庇，徇私枉法者，至少在新闻媒体上曝光，直到罢官、判刑。不采取严肃处理的办法，此风是无法煞住的。此衙内，彼衙内，都该同此办理。

原载香港《大公报》1998 年 6 月 17 日

“风味”流失探微

各个地方都有自己独特的东西，展示出特殊的面貌和风味，既为当地百姓自己拥有、自己创造，也就成了自己的骄傲，因而他方人士心向往焉。近些年来旅游业兴起，所追求者，不外当地独特景物与小吃。据说有些景物独特性降低，原因是人为因素过多，干扰了它的本来的自然面貌。囿于识见，不敢妄议，独特小吃不特，则属事实，盖身边即是，深有感受。

为什么要提小吃？因为它既为当地一般居民日常所需，而旅游者经济水平大有不同，能力一般者用饭只好寻小吃果腹兼品尝异乡风味。富裕者也不见得每餐都蹲在宾馆里吃大菜，风味小吃或是他更感兴趣的追求。“改改口味”、“尝个新鲜”。如果没有先后比较，倒也罢了。在小吃的“老饕”眼中，现在标榜的“风味小吃”多数风味大失，成了“鸡肋”。固然有“新陈代谢”之说，但陈的去了，新的不来，或只是贴上老招牌的赝品，不过充充数，也就有名无实。好在人们出来玩总要吃饭，经营者不愁无钱可赚。他并不求青史留名，可以不必上进，游者虽有点小遗憾，挥汗跑上几步，便发散光。

特色风味总需先得到当地人认可，才好向外推荐。北京小吃丰富多样，源远流长。前几年到那里去，见几个大型小吃部内琳琅满目，从“驴打滚（一种裹着甜粉的糯米糕）”到“煮烧饼”，推出几近百种。但资深的居民仍然极不满意。有人说，实际上五六十年代就有不少人呼吁有关方面扶持小吃的振兴。现在看来，这种呼吁自然是徒劳的，计划经济的机制实在对它的复苏起不了什么积极作用，而不少老百姓又对它念念不忘，于是便出现卖方不想干又不得不苦撑，买方既乐于一尝但尝了后又大呼上当的尴尬局面。

且说说“豆汁”的情况，这是一种平民喜用的“热饮”，有特殊酸味，配普通酱小菜佐食。原来确是“引车贩浆者流”走街串巷吆喝叫卖，人们买两个烧饼，就着豆汁小菜可权当一顿饭。六七十年前，一碗豆汁带浅浅一小碟萝卜丝值当二十文的铜元一枚。老北京们能连喝几碗，热得大汗淋漓，说是真痛快、真过瘾，酸得真地道。

50年代初期北京小吃保持着老格局，百姓称便。不久就突然少了，呼唤小吃归来的舆论相应增多。呼吁频仍意味着起色甚微。那年去京办事，在街上找饭吃时顺便做些了解，觉得豆汁等一些过去最为普及的小吃几难见到。好不容易在东四隆福寺街发现一家豆汁店，却是早中晚按时上下班，买票、取豆汁、取小菜需排三次队。而在北京人喝来，酸得实在不够味，外地人欲一尝风味，又感到酸得怪异，几口以后，便弃之而去。小小店堂内只有方桌三两台，人们站着的坐着的，乱乱哄哄。可能因为堂口好，来往人多，不必争取回头客也可卖得几锅汁，所以并不求进取。

这家豆汁专卖店是否依然存在，不得而知。但可以肯定许多北京人希望能喝到传统的、味道醇正的豆汁。这不是复古心态，而是传统习惯。倒是它已跻身高雅环境则是事实。报载西城有一饭庄，设忆苦思甜套餐，第一道便是豆汁。价钱一定不菲，质量当能保证。风味之丢失，看来经过几个过程。50年代的对私改造，把个体小吃也卷了进去，变成公私合营，小手艺吃上大锅饭，风味淡化。三年困难，饭都吃不饱，谈何风味。“文化大革命”，传统尽成腐朽，谈吃难免色变，风味更形沦落。改革开放，禁锢解除，正是群雄奋起在这个广大无垠的市场争奇斗艳之时。无奈金钱至上，一心多赚，偷工减料之不暇，只打风味牌，不办风味事。好在大款大菜已忙不及享用，百姓在为温饱而奔忙中也顾不得去追求风味。看来极可能在稍事稳定后，风味的振兴才有其实际而非虚幻的可能性。

原载香港《大公报》1998 年 7 月 14 日

“心理不平衡”

近些年来，有个使用频率比较高覆盖面也比较广的词汇，叫作“心理不平衡”，尽管很多人并没有这样表述过自己的心态，或者根本就未有过此类心态，但具有或曾经具有过的人也确实不少。

琢磨一下，不平衡其实是极可理解、也极难免的事。且不去从哲学意义上研究什么“绝对论”和“相对论”之类的命题，只就现实世界和生活中那么丰富的因素，那么复杂的关系来看，岂能不导致自然界和人类社会多种多样的不平衡？人的心态产生某些不平衡或称失衡，完全是很自然的事。如果自愿公之于众，众人加以评说，给予关切，甚至从精神上或物质上加以开导、安慰，也都在情理之中。

唯独对有些人的“心理不平衡”非但不能予以理解乃至同情，还要拉掉画皮，狠予驳斥。

近年来颇有一些新闻媒体派记者前往看守所或监狱采访大贪污犯，问及犯罪原因，有的回答说：政治学习太差；有的说：没有注意世界观的改造；有的说：未能严于律己；也有的说：法律观念淡薄，等等。使人感到虽有悔恨交加之态，但说得都过于空泛，不过想到这些人大概平日用惯了此类语言，如今虽身陷囹圄，一时要改却也难得很。且从大意而论，也还说得过去，要别的词他又没有，随便听听也就罢了。唯独有一位的回答使我动了心，不免在脑子里多转了几个圈，他的话是：看到别人捞，我心理不平衡，所以也捞起来。

这是他对记者所作的唯一回答，且是经过了一番思考的，所以可看做是他自我认定的主要原因。对此，我第一个反应是此君还算老实，毕竟接触了一下“灵魂”，联系了一点实际，说的话委实比另外几位中听一些。接下来再一想，不对，这家伙大大狡猾，原来自己很清白，只不过见到别人弄钱，心里不安定起来，受到影响而已，动机的确“不是很好”，但又能说坏到哪里去呢？

犯了欺民灭国的滔天大罪，竟然还想把自己开脱得一干二净，也真够得上是个“人物”，花天酒地时心理上“不平衡”，蹲在大墙里干活自然是越发的“不平衡”，他会越发起劲地去动这样那样的脑筋，企求得到一个“平衡”。

曾经看到过一些关于此类犯罪分子的报道，说原来是个功劳卓著的劳动模范，原来是个吃过苦的贫农儿子，原来是个极有作为的总经理，原来是个勤恳忠诚的干部，总之原来很不错，只是因为跟不上时代的发展，经受不住客观环境的诱惑，再行攀比，于是心动，随之手痒，始而试着小拿小摸，继而放肆大贪大索，终于深陷泥淖，成为罪人。这是说不通的。如果认定处此环境必然会互相影响，齐拿共盗，那么我们除了亡党亡国之外，还能有什么结果？就此类人来说，其实他们原来就未曾把做人的准星校对头，入党做官，做官掌权，以权谋私，才是他们真正的追求和不二信条，心理不平衡不过是一个借口而已。

这种“不平衡”心态不是个别现象。否则，跑官要官，挑肥拣瘦，讨价还价的事就难以解释。用人光看表面，看一时委实不行，还得多一些办法才行。否则，因“心理不平衡”而犯错的官还会多下去。

原载《党的生活》1999 年第 6 期

范儿、份儿、法儿

三百六十行，行行都有自己的行话，行当越复杂，行话越多样。“隔行如隔山”，行外的人乍一听了，还真有如“丈二和尚一时摸不着头脑”。待逐步靠近了，摸到了门，又觉得完全可以理解，且有它充分的得以存在的依据和道理。这里说京剧，让我们进入到它那深广的艺术海洋一个小小角落，做一点点探索。

经常在专业报刊上看到，或从武行演员嘴里听到三个字：起范儿，觉得有趣，就不免想弄个究竟。向一位善于“翻跌扑打”的武生演员请教，他立即回答起范儿就是做准备。这一下使我茅塞顿开，连忙加以反证说，这就譬如您扮演“马僮”，要从出场门里面起跑，一路几个跟头直翻到伴奏席前，起步之际高举双臂那一刹那的动作。不料他立即说不对不对，还在那个之前。“之前”指的什么，又问了几位，都未得要领。看来是只可以意会而难以言传的了。

以后在电视里看跳水和体操比赛，运动员都有难度很高的空中翻腾动作，如“团身向前转体三周半抱膝”，“直身转体七百二”等等，样式甚多。运动员在起步前往往闭目凝思片刻。我忽有所悟，这就是和京剧武生起翻前同样的——“起范儿”吧。他必须默思已经练过千百遍、现在必须再一次纤毫不差加以完成的动作，跳到空中严格按默过的规范去做，不能有任何犹豫与改变，否则必败无疑。

在美国举行的友好运动会上，我国一女孩在“跳马”比赛中从空中头朝下栽倒受重伤，就是因为她虽起过“范儿”，心里有底，助跑到位正要上“马”时，忽见正前方不远处一外国教练探头，脑子受到干扰，心里立即产生个“跳还是不跳的”问题，但一切改变都来不及，而“范儿”业已中断，以致倒头直摔下来。高速连续的空中动作，间不容发，只能一气呵成。这样影响及今后运动员专业生涯的伤害，实在是大不幸。

联想到早年到后台现场采访一个团的演出，前场《打焦赞》，这个由摔打花脸扮的焦二爷被小丫头杨排风打得连连摔“抢背”之类的跟头，得到不少喝彩声。不想回到后台就大发脾气，说你怎么搞的，不是成心要人命吗！单个跟头在武行演来本是“小菜一碟”，不在话下的事，想来肯定是前后台有什么人干扰了他“起范儿”，使他在做动作时差点出了大问题。

还没来得及再请教，又听到一个词：份儿。并没有固定的文字依据，只不过是口头上说说。常常是在议论某某表演的长短时出现。譬如说某人虽学杨宝森，“本钱”比杨还好，就是张嘴就让人感到“份儿”不够，甚或没什么“份儿”。再如演《挑滑车》，高宠出场“起霸”，“四击头”锣经一打把相一亮，不要往下看了，“份儿”够不够立见分晓。意思是说，身段好、功架好，神完气足一派“王爷”之后的神勇大将风度，顶多再看看稳稳高抬腿“亮靴底”那三跨步，就可以论定是有“份儿”的好角，不然就是“份儿”不够，只能将将就就唱个开锣戏罢了。论任何演员，论文武场面每一个岗位，甚至论跑龙套，都作如是观。如此，我体会“份儿”是在评估一个演员的“含金量”，包括天赋、功力、流派、品质等多方面因素，事关艺术质量，故不可小觑。

又一个词是：法儿。这也是我的理解，内行嘴上仍读“范儿”。我在一篇谈京剧沙龙的短文里曾提到江苏省京剧院月琴师傅婉儿等常和这几位京剧业余爱好者同乐，并写到她的父亲、名琴师傅齐菁是海上胡琴圣手之一、人称赵喇嘛的高足。这里应先道个歉：连名带姓都弄错了，正确的为富葆菁。在传统味浓烈的京剧界来说，这名字够“前卫”的。我向婉儿致歉，她说没事，还有写成“傅齐庆”的呢。这都是“想当然”的过错。那天是和婉儿谈她学月琴的经历。她说从小在家里学，以后在戏校学，能上台伴奏后，又经父亲请高手指教，为她改“法儿”，给她以后实践中的提高打下坚实的底子。

问用什么法儿，她说不是简单的几手技术，而是从指法到气韵直到姿势等从内到外的全面调整、改进，从而定型，她的艺术由此有了突破性的提高。年纪不大，已评得高级职称，属于重要演出的首发阵容之列。

她所说的“法儿”，似可理解为一切事业从根本上提高的必要法则。

虽然心中有了点底，总还是想弄得更准确一些，查《辞源》翻老《戏考》，都无这些词条。但忽然有一天从在特价部买来的戏曲辞典里查到解释：“范儿”在京剧等剧种里，指技术上的规范或法门，“起范儿”意思是准备开始做技术动作。规范或法门，这五个字把上述的几方面的说法都概括在一起。生旦净丑文武场面手眼身法步，能达到准确无误合乎规范，再掌握一些超过他人的功力、窍门，就可称出类拔萃，进入强者之列。

“份儿”、“法儿”，想来都是“范儿”的变称，可以归在一起。

进而想到，世上办一切事情，何尝不都是如此呢？

原载香港《大公报》1998年9月22日

“当时”的心态

一个创造了非凡业绩的人，往往成为备受关注的对象，并被探究创业一刹那间的心理状态，例如：您当时是怎么想的，如此等等。

据说，有在被探询时能说出一整套道理的，但毕竟为数甚微；感到不太好回答的居多数，有的或竟而避开正面答复，赶快敷衍了事。因为这实在是道难题。

此类信息有时会从电视屏幕上获得。一青年见义勇为，抢救落水儿童上岸，于是询问者绕了个圈子归到要害：您当时是怎么想的？青年挠挠头，说也没什么，就是想把他救上来呗。邓亚萍在一场重要的国际赛事中艰难取胜，退场时立即被追询：您当时是怎么想的？这位乒乓国手边走边气喘吁吁说，我很累。女排名将孙玥和她的队友打赢一场超霸赛，当即被问：您现在对打古巴队是怎么想的？回答是，争取打胜吧。又问有信心吗？答，有，当然有。

“当时是怎么想的”，可以说是想“掏心窝子”，获取若干特殊回答，当然最好是含有哲理的话，用意也自然是非常好，为了取得良好的社会效果。但掏的结果往往不是“非常理想”。因为心窝子话有些容易透露，有些很难表达，甚或什么都没有，也未可知。曼谷亚运会体操比赛中，我国女队遇到一个很悬的、几乎无法克服的困难。三名国手参加“女子全能”的比赛，按习惯的说法该是上了夺冠的“三保险”。不料首项一比便有两位失了手，得了很低的分数。据我们现场解说员介绍，两位即使在后面的三项中都发挥正常，也难进入“前八”，更不要说“前三”，现在唯一希望只能寄托在二十一岁的“老大姐”刘璇身上。她必须在后三项比赛中项项做得完美，且取得高分，这块金牌才有可能落在中国人之手。形势如此严峻，又受着诸多强手的紧逼，压力之大不言而喻，恐怕在当时谁也不敢说这个女孩有必胜的把握，只好一步步“走着瞧”。看着各国选手们有些表演得那么精彩，有些又冷不丁从平衡木和高低杠上“掉下来”，怎能不为刘璇的每一步都捏一把汗，生出如临深渊、如履薄冰之感？但她一步步稳稳当当走过来，终于是胜利了。说这是个奇迹，是特特超水平的发挥，大概不为过分。事前谁都可以说对她的取胜持有信心，而又谁也不敢说她必得。

看来在兴奋之余，没有谁去向她开问：您当时是怎么想的。再优秀的运动员在这样的情境中都很难说不会产生这样那样的想法。自己表现得好与差，得分的高与低，金牌的得与失，同伴的褒与贬，乃至自己此后运动生涯的上升与失落，都可能明里暗里袭入心扉，产生作用。而在高低杠上脱离器械的凌空飞行和在平衡木上的前空翻、后手翻，都容不得丝毫分心，否则必有闪失。

刘璇做得是那么完美，无可挑剔，项项都以高分遥遥领先，最后力克群英，夺冠披金。她在涉险渡难时到底是怎样想的？不知道。但可以揣度。一解是想把每个动作都做得非常到位；另一解可能更切实际一些，即什么都没有想，而是化百念于一意：专心致志。

看来，“当时”想得太多，包袱太重，未必是好事。当然不止是运动场上。

原载《人民日报》1999 年 5 月 14 日

寻常百姓的口袋和小车

要说“普通老百姓”虽然意思非常明确，却显得有点直露，若是改称“寻常百姓家”，味道便深长得多。这个词汇，近些年来在经济生活中时常可以听到、看到，无非是说实行了改革开放，生活水平普遍提高，寻常百姓“口袋都鼓起来，在选购意中物了”；“逢年过节不耐烦在家烧菜，要下馆子吃一顿了”；小汽车“即将进入寻常百姓家了”，等等。

这些对现实和不远未来的说法是有道理的。为了和生活更贴近一些，不妨再做点具体分析。这里所说的“寻常百姓家”，在社会地位上应区别于高级官员和大企业家；在经济地位上则属于城镇一般干部、职员、工人。若有一方暂时处于下岗状态，生计就显得比较紧迫了。

当然不能“一刀切”。上述一般人员内，具体情况也很不一样。例如，有的在“福利”多的单位，其所得可以高出额定工资的若干倍，人人有份，皆大欢喜，因而被人称赞为“效益好”的单位。另一种则是个人虽非高官、老板，但拥有某项权力，如有心利用，实行“雁过拔毛”之类，则收入也颇不菲。若干年前，同楼某单位一小小科员大张旗鼓装修宿舍，自称“经我手批几个字就能来钱”，状颇得意。在这些人眼里，有权不用，倒要被讥为“呆子”了。

幸亏有人甘愿做这种呆子，能自觉地清廉自律，并且清醒地看到：我们还是发展中国家，在奔小康的路上，还要保持艰苦奋斗的优良传统。所以，上述对老百姓消费能力的估计，窃以为作如下改动较为确切：“口袋鼓起来的还居少数，过节下馆子的并非很多”；买得起小汽车的在全国究竟占多大百分比，需作谨慎的分析；若是笼统说“小汽车即将进入寻常百姓家”，我看未免过于“超前”了。

当然，小汽车的“超前”论者，也自有其说法。一是说广州已有私人小车10万辆，上海有10万人持币待购，北京想买的也不少。此说虽属可信，但各有特殊性，非他处可以与之相比。且就千万人口的大城市而论，10万辆也只能为“特殊百姓家”所拥有。另一说则来自不久前一媒体，说是某品牌小车进入寻常百姓家已是“指日可待”、“价格不高”，先付款万余元即可开回家中，此后每年付万元，不要多久便可归“自己所有”云云，吹得云里雾里，我看无非“广告”而已。

其实，这个购车方案对某些人可能会有吸引力，对寻常百姓而言，就算贷款买了小车，那用车经费可负担得起？例如，办牌照需款若干，年检需款若干，汽油费、停车费又需若干，大修、小修更需若干，如此连购带养，如果不是百万元户怎有资格问津！

有人说此言大谬，我们的银行存款余额已达5万亿元左右，加上手边的现金，应该有6万亿元以上了，能说老百姓口袋不鼓？是。这诚然是个令人高兴的数字，但也还需要做点分析。如果陶醉于总数字之巨大，而不去看经过人均、家均后之微细，更不去看百分之二三十的富有者掌握着百分之七八十的财富的现实，就总觉老百姓口袋鼓，而不大知道他们即便存那么万儿八千，硬是从牙缝里一分一角节省下来的，且有婚嫁、住房、子女教育等费用等待着安排呢！

“寻常百姓家”词意美而醇厚，可能是从刘禹锡的《乌衣巷》诗中拈来。“旧时王谢堂前燕，飞入寻常百姓家”，很耐咀嚼。王导和谢安都是宰相，当时的“小车阶层”，后来他们的府第变成了寻常百姓的居处。寻常百姓中，固然有不少已进入小康，日子过得还算安谧，但更多的人尚未达到“鼓”起来的水平，其中相当部分人尚仍需社会的关心，使他们有的脱贫、有的改善，这仍属头等大事。所以，小平同志生前经常教育我们，特别是教育我们的党员干部，任何时候不可奢靡，要坚持艰苦奋斗，勤俭为本。

原载《世纪风采》1999年8月（总第68期）

圣人和贵人杂俎

能登上人类思想道德的峰巅，极目天下而收之于怀抱，先知先觉，尽得世事兴衰进退之妙，为凡夫俗子服膺进而顶礼膜拜者，咸尊之为“圣人”。据云圣人至为难得，大抵数百年甚至越千年才能出一位，或凭长时间竟一个出不了也未可知。天下事本极难说，故虽有明知其难却仍不乏求为圣人者，最终或归于失败，或中途知难而退。但“人往高处走”的本性殊不可泯，故仍一如楚霸王之学书不成学剑，学剑必学“万人敌”的志气，求为圣人不得而从仕，仕途不得意则转而经商，经商必当大老板。不成圣人而成贵人，亦足以令凡夫俗子围着团团转，享受圣人般万难享受的福气。至于在精神物质享受上，能为天下先自不在话下，由于腰粗嘴大，百无顾忌，敢为天下先者也殊不少见。

孔仲尼虽必然学习并研究了至少自西周建立以来近四百年的学术积累，但在此基础上提出的一整套见解则是创造性的，反潮流的，因而又必然是敢为天下先的勇士，推行起来也就不可能顺当。他周游列国，宣扬的观点都遭到冷遇、拒绝，更得不到一个能够推行其主张的官职。“春秋无义战”。在那为谋求霸业而不惜父子兄弟互相残杀的时代，提倡“仁者爱人”，主张“己所不欲，勿施于人”，如何能使身居高位、手握重柄的大人物动心？巫婆、神汉、行蛊者、望气人到处吃香的时候，放言“未知生，焉知死”，“未能事人，焉能事鬼”，对“怪、力、乱、神”的事从来“不语”，也实在是不合时宜，连老百姓都不一定赞成，又哪里能行得通？

尽管仲尼的思想总是被说成是为巩固贵族统治服务的，但大概是拍马拍在了马腿上，在诸侯王跟前不但不讨喜，且经常受穷，甚至绝粮挨饿。他老吃香是在几百年以后。有正邪二途。有的认真用于修身、齐家、治学、从政，有的则把他老封为神，尊为王，当成麻醉药迷人或用做大棒子打人。然后又被贬得一钱不值，扔进垃圾堆。摆弄来摆弄去，倏尔两千年有奇。现在有了个可以讨论的环境，说法也已不少，专家们正向纵深处研究，看来确是个深邃复杂、博而又精的问题。就我辈普通人来说，既然一直置身于这位太老师施加的影响之中，自也应有个态度。窃以为参照他老“仁者乐山，智者乐水”的思想，凭个人感受自由认定较为妥当。不必多举，只以《论语》所记开篇三句：“学而时习之不亦乐乎”，“有朋自远方来不亦乐乎”，“人不知而不愠不亦君子乎”——能提出来便是圣人，如能身体力行则是大圣人，加上他老望着滔滔大河的浩叹：“逝者如斯夫”，如确实发自内心，就应是特大圣人了。

此前有谁曾把社会、人生看得这么澈、对已如此勤加勖励呢？

圣人是领天下先的，立圣人之业是大有志气的事。但取法乎上仅得乎中，而且要吃得大苦耐得大劳，并敢于冒为天下先可能遭遇的风险。所以能得个中已经很了不起，应该受到全社会的尊敬。但这毕竟是个不能期其必成而且大苦的差使，而当此百业待兴的时代，大展宏图的机会正多，固不必非圣人之业莫办，于是更多的有志之士选择了商企之路，而且果然一些人取得了非凡成功，群星升起，老总腾飞，随之而来的是一间间生机勃勃的企业，和一个个大大小小彩色斑斓神秘世界。

贵人之路也不是那么好走的，同样需要能为和敢为天下先的胆识和魄力。这里且不谈日常的经营运作而稍稍接触一下它的另一面。现在搞商业不一一递红包开不了张，不吃大酒店泡夜总会谈不成业务，不摸准人头致送回扣一切得不到落实。这些已用不着遮遮掩掩加上“据说”二字，而是比较普遍尽人皆知的活生生现实，一种已被认为是正常运营过程中不可或缺环节，对此表示异议必定要被讥为典型的呆瓜了。而在十几二十年前，这都是具有争议的敏感问题。多少人为吃不吃一顿便饭或送不送一点小意思而心怀惴惴，那时的“三令五申”确实有着很大的震慑力量。然而忽然、夸大一点说就在一夜之间，禁区被突破，有关的令和申都成了他们不屑一顾的空文，而买卖，正儿八经就该从这里开始。据说市场经济拒绝那种干预。

不论哪一点上的突破，尽管都有人在“谋”，但实行起来都不是群体行为，而是个人行为，一个敢为天下先的勇士为后继者开辟了道路，接着噼里啪啦飞速形成气候，再也无妨。所以一切走贵人道路取得成功并决心过贵人生活的，坐“大奔”也罢，夜总会里泡妞也罢，置超豪华别墅也罢，包二奶也罢，千万不要忘记为此开风气之先的那位勇士。一定意义上讲，他是您所在贵人群体中先知先觉的“圣人”呢。而再臆想一下，仲尼先生如果活到今天，是否也会通融一下呢。

原载香港《大公报》1999 年 8 月 21 日

“自疑”——一种很坏的心态

姓马名谡字幼常者，就是诸葛亮采用“空城计”吓走司马懿后，按军法处斩的那个大将，他作为统领先头部队的指挥员，违背诸葛亮的意旨，自作主张，失掉咽喉要地街亭，几乎断送了蜀刘北伐魏曹的整个军事力量。《三国志》有很简略的记载，罗贯中大大发挥一番，成了《三国演义》里最精彩的篇章之一。戏剧家拿过来，把它竖在舞台上，便成了名剧《失街亭 · 空城计 · 斩马谡》，然后小说和戏曲里这一段又成了文人墨客发议论的材料，各取所需，各抒所感，说不清写了多少年。不久以前，还曾看到过以它为由头的随笔，真是天生的一副作文的好资料。

1961 年夏天，正是“大跃进”以后，处于大困难之时，经济进行全面调整，思想上也在强调实事求是，注重调查研究。《人民日报》的文艺副刊向作者寄发了一份征稿信，总的精神大抵是要求在鼓劲前提下提倡求实态度，并开出若干供参考、开思路的题目，其中之一便是《马谡与王平》。

我是喜读“三国”爱看“三国”戏的，也习惯于从史与戏中取材写点杂文和小品。1957 年夏天的反右，把刚刚有点繁荣气象的杂文反掉，或者说，杂文“定义”有了根本变化，由针砭时弊、激浊扬清变成讴歌太平的议论性散文。批评和揭露成了丑化现实的大忌。在当时的政治氛围中，见到这样一份杂文征稿选题，第一个反应便是对文坛的约束大概松动一点了，可以写一点杂文，表达一点对现实的看法了。《人民日报》是最具权威性的舆论载体，它的意向对撰稿人有指导性并赋予政治上的安全感。把选题浏览一遍，觉得还就是《马谡与王平》这个题有文可做，也比较容易做，随手一做，也就成了文，无非是说马谡严重骄傲自满，主观、教条，不调查研究，死抠“孙子兵法”，结果丢了街亭，掉了脑袋，害人害己。副将王平比较实事求是，反对马谡的瞎指挥，自请领一军在山下形成犄角之势，并画军事布置图急报诸葛亮，保全了部队也保全了自己，结论说不经过调查而发的议论，不过是无知妄说，为害非浅，只有老老实实，把理论和实际联系起来，才能真正解决。

写成反复斟酌，觉得行文尚称稳妥，没有刺激性语言，符合实际情况，也还有点形象性、可读性，于世绝对有益无害，这才决定寄出。因想选题是《人民日报》发的，它联系的作者多且不乏名家大家，我的稿子给它，十有八九登不出来，便就近寄给在 1956 年有过联系的《解放日报》文艺副刊，按老例随便署个“林尚之”

的笔名。8 月 12 日，这篇以《街亭之战》为题的千字文发表，收到样报和稿费，当然高兴。

后来知道，就全国而言，那一两年杂文确有个小小的振兴，说是“小小”的，是因为无论就规模还是就力度而论，都不及“双百”方针提出前后那两年，且多采取绕开去的方式，虽有所指，但不直面，以免得咎。即便如此，也不久便随着阶级斗争的重提而悄悄消失。而“文革”陡起，文祸陡降，文之归类于“杂”者，都难逃罗网。《街亭之战》也未能免。

其实，我个人固是必不可免，《街》文却完全有可能免此一劫。这篇短文并没有什么违碍和越轨之处，甚至很符合形势需要，且是因不愿“扬名”而安了一个新的笔名，连最亲密的人也未必知道有这么回事。只因北京的大“三家村”被弄出来以后，各地竞相效尤，要挖出个自己的“三家村”，写过点杂文的人备受关注，小单位离不开大趋势，我已预感自己行将上榜，而吴晗先生的罪状之一便是用马谡和王平的故事做杂文进行“反党为彭德怀翻案”。我连忙进行了一番自我思想斗争，即便检出《街》文剪报，双手呈送革命群众，敬请审查。第二天揭批我的大字报上墙，火力首先集中于这篇《街亭之战》，认为是一株蓄意“攻击”、为彭翻案的大毒草，从而揭开改变我后半生道路之剧的序幕。

写了这么多字，无非是想印证史书上常说的“自疑”的心态确实是可以理解的。虽然能把得定自己，却怕他人怀疑自己，捅出来又觉得冤枉了自己，到后来便“悔不该”自己多事害了自己，实在是复杂得很。而据说1957年那全国性的特大冤案因文罹祸者中，有一些便是因载体将人家的文章甚至未刊用的原稿寄到所在单位，被据以定案的，后虽经证实因为手段太恶劣、“文革”中不大有、也来不及产生这种现象。但当事者在其时的担心则大概很难避免。

我深刻体会，“自疑”虽是“他疑”基础上的产物，也实在是一种极糟糕、对自己极不负责的心态。别人管不了，自己还是应该牢牢把得定的。否则何以防止他人对自己的怀疑呢。

原载香港《大公报》1998年8月23日

用典宜讲究

现在写文章、说时事的，不少人很喜欢插几句老成语，甚或用典，这当然有助于所写所说内容平易通达，具有形象感和色彩感。但也有用之不当的地方。

“不尽（如）人意”，是经常碰见的一例。既然说惯了、说俗了，就来个“约定俗成”。收入词典行不行？估计是不行的，因为所表达的实质是“不能完全符合人们的心意”，“尽”不具有“完全”的意思。倒还不如去“尽”改“如”，索性用“不如人意”为是，当然在意境上就远不如原来的“不尽如人意”完美了。与此有关的一个成语更容易用得不适当：“此役该队净输三球，真是差强人意。”说者大概是要表达很为不满之意，却用了个大反其义的成语。“差强人意”虽然是对“颇获我心”的保留，毕竟有“还算不错”之意，是褒义，这里显然是做贬词用，也就成了对原义的误解。

有不少含典故的成语也为人所乐用。所见的也有一些可以研究者。举例如下：

“张歌星和许球星喜结秦晋。”——这里明明白白用了个“秦晋之好”的典。此典本意是春秋时秦、晋两国交恶，经人调解后世代结亲，因而交好。往小里喻两家结亲也未为不可。若落到两人结婚头上，就似有“小题大做”或“大材小用”之憾。但若认为可依“约定俗成”之例，借用一下，也无大碍。

“这个人帮老张干，赚了大钱；帮老许干，赔了大钱。真是成也萧何、败也萧何啊！”——这个典更大。是萧何向刘邦力荐韩信，辅刘取了天下；又是萧何设计杀了韩信，为刘剪除后患。这个典特指萧何与韩信的故事，是他人取代不来的。有人认为这里所说的成败乃是对刘邦而言，似不妥。萧何荐韩杀韩都是成刘邦之业，万无败事之嫌也。用此典须是某甲对某乙始成之、后败之。此典虽好，但不宜滥用。

“水能载舟，也能覆舟。驾船可要当心呀！”——此说是不久前议论长江海难事件时听到的。按载舟覆舟之说，出于魏征对李世民的谏言，意思是说老百姓好比大水，能护托朝廷，也能倾覆朝廷，可要善待老百姓啊！当然不能把典看死，但借用也要得当。用到海难处，颇有夹生之感。反不如说江水险恶，小心驾驶顺当。

中国的语言文字太复杂，光说口语嫌单调，适当加点成语典故可增强艺术性并有助于读者加深理解。用得大体上准确，需要多下功夫。

原载《人民日报》2000年8月22日

萍水之间识君子

我至今不忘，他穿一件虽旧但很干净的蓝布大褂，家做布鞋，沿着船舷挤过来，把皮箱双手递给我，说："你看看。"

这是只西式旅行小小牛皮箱，装有两个镀铬的弹簧扣。现在也许只有在表演二三十年代生活的影视片里才能看到了。我接过箱子，说："不啦。"他笑笑，很好看。

说是萍水相逢半日间，一点不为夸张。那是1947年8月中，我去北平接寡嫂南来帮助寡母照料家务。当时津浦铁路因战事不通车，需走上海乘船到天津再转北平。我买的是1500吨的"长城"号客货轮"五等"舱，说是舱，实是甲板，没有固定位置，需要自己去寻觅、占领，这对少经世故的学生来说是很困难的。我正陷在手足无措的苦恼间，这个提只白布包袱的朋友笑着向我走来。一人孤单单，二人事好办，安身立命之所即刻找到，他把一张床单铺在甲板上，成了我们共同的领地。这时才攀谈起来，年轻人有共同语言，便容易交上朋友并感到一见如故、相见恨晚。当天风平气朗、虽绿犹蓝的大海只翻动着粼粼细浪，轮船一直沿着距海岸不远的航道前进，匀称的轧轧机声大助谈兴，竟不觉已至黄昏，而天色已阴沉下来。不久就有船员来报：今夜有九级以上台风，甲板上不能蹲，你们赶快下舱。于是许多“五等”客急忙收拾，响起了“快快，性命交关”之类的上海话。

朋友说：“下去吧。”我说：“不下，我晕船，闷在舱里受不了。”他说：“那我就下啦。当心。”我说：“你把箱子带下去吧。”他说：“好。”便从掀起铁盖子的通道下了舱。甲板上已没有什么人。有几个高高睡在船尾一堆50加仑的大油桶上，得海风吹拂之利，令人歆羡。我租了一张行军床，觉得也很舒适，不知不觉间便进了梦乡。忽然一记炸雷，船猛向右倾斜，紧接着一个硕大无朋的海浪从空而降，把我和床一起砸翻。我被积浪卷到船舷，浮在水上打了个漂，脑中很清醒地起了个念头：下海了。

来不及恐惧和后悔，忽然身体一沉落在甲板上，原来积浪已从船舷上的洞口排出，紧接着船身又突然向左猛倾，左舷积水。我抓住这个瞬间爬起来就奔向桅杆，紧紧抱住，任凭左右摇摆、巨浪击头，毫不放松。

船进渤海湾，风平浪静。下舱的又回到甲板，都说经查点全船少了三个人，只怪他们睡在油桶上。下面就是开头说的还箱子了。不瞒您说，这里面除了换洗衣服和旅行用具外，便是来往路费。在当时就该说是我的“身家性命”。当我赤着双脚在大沽口找了家小店住下来，开箱一看，各项衣物丝毫未动。

现在当我在传媒上看到拾金不昧的报道时，就会想起这件往事，也不免向人说说。听者多不太感兴趣，或认为此亦平常，不足挂齿，甚或讥为天方夜谭，哪有此事。我也就不便多说，只能认为对那位萍水相逢的朋友，应以君子视之。现在社会风气不是很好，而许多优良传统受到讥讽。我仍然要说，“有古风焉”这具有敏感性的概念不是可以轻易否定的。

原载《扬子晚报》2001 年 2 月 17 日

手起掌落的思索

如果是从书上看来或从他人口中听来，很难相信这是真的。但分明是眼前活生生的事实：一幢大楼的栅栏墙外，三个着警服的和一个便衣人一道走着，就在大门之外，那便衣人忽然把右臂抡圆，手起掌落，一个结结实实的“大嘴巴”立时将右边走的一个人放倒，盯了几眼，四人扬长而去。挨打的可说百分百的“五体投地”，趴在地上动弹不得。

感谢中央电视台《焦点访谈》的记者留下了这组使人汗毛凛凛又极耐思考的镜头。记者说这是他们无意中拍下来的，言外之意是顺手扫描而得。天下事往往如此。有意栽花结果未必理想，无心插柳却可能有所收获。此前的镜头显然是预先计划好的。他们进入这个大楼的门卫室采访，对象是四个穿警服的。记者说你们是公安人员，怎么在工商局干保卫呢？其中一位回答说，领导叫俺来俺就来呗。口气倒还憨厚，事情也就这么单纯，可以认为记者从中没有得到太多的东西。万想不到接着就是上面那一幕，还是那四警察，动手的则换了便衣；出手绝对称得上准而且狠，如果不是接受过专门训练，便是从经常的实践中摸得精熟。而揍的对象，就是因对收费数字不理解而到工商局进行质疑的纳税人。

可惜这一身绝技用错了地方，没有去对老百姓除暴安良，却在一个目无法纪的工商局长统治的土围子里助纣为虐。统观这期《访谈》，可知记者是奔这个山东省微山县工商局去的。人们举报该局严重乱收费，局长带头用公款滥吃滥喝，百姓敢怒而不敢言。记者经过调查，专程登上工商局办公大厦向局长请教。面对着一张张没头没脑的收款白条和由他亲笔签字的吃喝账单，他一概说“不”，不仅硬装糊涂而且做得好像真理在他的手里。到这个县的主管市了解，掌握纪检大权的领导说，这人是不行呀，我们已经建议县里把他撤啦，县里说找不到人替换他呀，也就还让他干着啦。可真是一套顺顺溜溜的逻辑。

一个显然够得上是无法无天的局长，市、县两级领导都认为该撤，可一直还在这个岗位上为非作歹，不但毫不收敛，且一再打击举报人。说找不到人顶他的位置，理由分明站不住脚又极耐人寻味。可以认为，或是只有此君才有完成市、县下达指标的能力。也可以认为，经过足够的运作，他已建成微山工商管区的土围子，且成了威震八方的霸主，没有人敢于动他，更没人敢于顶替他，否则极可能大祸临头。

便衣警察在工商局大楼前为维护局长的尊严那记漂亮的出手，

就能说明问题。如果问他为啥打人，他极可能又是憨憨地说：领导叫俺打俺就打呗。

原载香港《大公报》2001 年 3 月 8 日

“大风”吹“垓下”

和通常所谓的“无病呻吟”相对峙，诗必然有感而发，否则辞藻有多华丽，构思有多精巧，包装得多么完美、无懈可击，也不过犹如仅供观赏的装饰品，人们偶尔碰着瞥一眼，赞声“还挺好看的嘛”，也就罢了，不大可能留下什么印象的。诗人最懂这个道理，所以最重情绪。我这个诗盲经内行的点拨，居然也悟到那么一点意思，感到这“情绪”二字确实非同小可。诗是情绪的凝聚与迸发。这是在特定的情境下产生的特殊情绪，经过诗人头脑的运作而成诗。有没有诗人禀赋这一说，不敢确定。我不是诗人，即便产生强烈的感情时，也做不出诗来，这是一点办法也没有的。

但因我也是个有情绪的人，且对辞章文采有一点欣赏能力，所以在诗词面前，吟咏之余，有时也略感受到它内涵的情绪。汉高祖刘邦荡平天下回到老家沛县，大宴父老亲朋。当此时也，他是何等踌躇满志，意气风发。俗谓人生最得意的时刻是“洞房花烛夜，金榜题名时”若加上一句“衣锦荣归日”，似也说得过去。畅谈功业、酒酣耳热之际，刘皇帝久已蓄积的情绪突然像火山爆发一样喷迸而出了：“大风起兮云飞扬，威加海内兮归故乡，安得猛士兮守四方！”不但放声歌唱，还神情专注地弹着琴，何其豪壮又何其雅驯也！晋代诗评家把此作收入名诗选集。于是刘邦成了诗人，《大风歌》也得以诗传，至今仍有选入历代名诗甚至进入中学教科书的。

被刘邦打得兵败垓下，无颜见江东父老的项羽，自刎前也有一歌：“力拔山兮气盖世，时不利兮骓不逝；骓不逝兮可奈何，虞兮虞兮奈若何！”大英雄穷途末路，宁死不屈，又何其雄烈也！窃以为在特定情境下所表达出的特定情绪，就质量论，项诗绝不逊于刘诗；其节奏都可谓铿锵硬健，掷地有声。若论轩轾，实在难分。但一为大诗人，一为大老粗，千古难翻。大风吹倒垓下。此无它，如朱元璋之与陈友谅、张士诚辈，成王败寇乃为千古规律也。

但我始终吃不准这诗（歌）究竟是否他们亲自所作，抑或有人捉刀代笔。项曾学过“书”，没学出多少名堂；刘虽当过“亭长”，总有二流子气息，作出这样中规中矩的好诗都很难想象。极可能他们是在即兴通过歌唱抒发情怀，有人把大意记下，流传入口，一再加工。太史公司马迁又喜欢坐牛车漫游各地调查研究，收得这些原始材料，进入《史记》，自然成为他二人传世的杰作。

原载《同舟共进》2001 年 7月号

编后记

翻检父亲克因先生的文稿时，耳朵边老响起先生苍老的京腔：“狼舞蹈起来是要吃人的！”

“怎么办？”

“赶快跑！”

克因先生如此教导我。克因先生的一生似乎总有一头狼跟在身后，如影随行。因此先生好多时候是痛苦的。当然，狼也有休息的时候，这位京戏票友就也停下脚步，唱一唱“空城计”，表示自己并不张惶失措，还很惬意。有的时候竟然忘乎所以，写起杂文，议论起时事来。这就超乎客观实际，既然逾距，遭到棒喝是必然的。

克因先生身材高大，曾经是蓝球场上的中锋，有人开玩笑说他天生异像。他的母亲是满族人，正红旗，父亲则是汉族，中国传统，族系当然是随父亲。跨族通婚的后代是否要聪明些？没有考证过。反正克因先生是很有智慧的，40年代初，国民政府在《中央日报》上发起抗日征文，他当时是流亡西峡口的河北国立一中学生，这位莽撞少年一稿中的，居然得了个一等奖。奖金六十块现洋，这个数，放现在也委实不少。我问：钱呢？他沮丧地告诉我：被省政府主席的儿子“借”走了。当时大家都穷，克因的父亲当时亦是省府委员，听说后呵斥了这位得奖少年。这大概是他第一次向报刊投稿，从此一发不可收拾，是为了将那几块现洋挣回来？不知道。

他是在重庆沙坪坝考入中央大学的，这位思想活跃的学生专注于学业之外，还四处投稿，针砭时弊。这一段倒也没有招来什么祸端。惹出大麻烦是在1949年的6、7月份，当时他在张友鸾先生的《南京人报》当记者，一篇《探监记》，引来两汽车警察，警察先生砸烂了地处闹市的报馆，还指名抓人。亏得工友提醒，才逃过一劫。

后来，时光好起来，写了《灯下煮酒论英雄》等一大批杂文，有一阵他每天包办了当地报纸几个版的稿子，笔名多达几十个，这时有人说他是右派分子，经查无有实据，不了了之，但失眠症由此而起。还是由于能写，1959年被推选为省先进生产者，开大会时他与画家傅抱石同为文教组的召集人，这应该是他前半生最好的时光。

在江苏克因先生的文章并不是最好的，但“文革”却是从他头上开始开刀的，大约是在65年底，省里文化界开大会，点出五篇文章为毒草，他的中篇小说《家庭问题》位列其中，说是写了“中间人物”，另有一篇小说是他参与创作的，第二天省报即登出大块批判文章。以前克因先生看到不顺眼的事便写文章针砭之，如今痛遭棒喝，正应了“早知今日，何必当初”这句老话。

压力最大的不是克因先生，而是我的母亲。我的母亲是位通晓五国文字的图书编目专家，她当年参加接收了民国中央图书馆，是该馆第一位新中国的图书管理专家，大约是因为爱书，嫁给了这位作家，省里文化界开揭批大会时，母亲亦在会场，好多目光一齐投向了她，好像那几篇毒草是她写的。于是母亲回家很严肃地叮嘱父亲再不能写了！

50年代初，五四运动骁将刘仁静先生曾遭到厉声训诫：“只许老老实实，不许乱说乱动，否则就叫你饿饭！”

这个法子确实厉害，吓倒了多少心高气傲的文人。家累在身的克因先生答应我的母亲：“再不写了！”

其实也写不成了，一搁笔便是十年。

不承想，1978年以后又遇到了好时光，“放毒”的机会委实不少，寂寞多年的克因先生技痒难捱，好了伤疤忘了疼，又炮制出上千篇的“毒草”来，大部份称之为“杂文”。说来惭愧，这些文章我大多没有读过，这次他的朋友朱铁志老师主持出版杂文选集，让我有机会将他的文章通览了一遍，从文章中我真切地感受到他不是在“错觉中展开自己”，而是在用从容的步态丈量人生。

做一位独立思考的人多么好，尽管他在思考问题的时候是痛苦的，但在交出答卷之后，他是愉快的，因为至少解答了自己的困惑，没有虚度此生。

写到此处，夜已深沉，遥望窗外，远处有一颗星宿在闪烁，其乎是克因先生在茫茫天际祝福在尘世中盘桓的家人们和朋友们？带着无尽愧悔，向化作星辰巡游天河的克因先生报个平安。

称克因为先生，因为他不仅是我的父亲，更是我的老师。是为记。

李风宇

2015 年 12 月 12 日